लक्ष्मी प्रसाद की अमर दास्तान

लक्ष्मी प्रसाद की अमर दास्तान

ट्विंकल खन्ना

अनुवाद

सुशील चंद्र तिवारी

juggernaut

जगरनॉट बुक्स

केएस हाउस, 118 शाहपुर जाट, नई दिल्ली 110049

प्रथम प्रकाशन: जगरनॉट बुक्स 2017

ISBN 9789386228123

टाइपसेट: एपीग्राफ़िक्स एंटरप्राइज़

मुद्रक:: मणिपाल टेक्नोलॉजीज़ लिमिटेड

अक्षय के लिए

हर बार जब अंधेरा घिरता है

तुम्हीं रोशनी बनकर मौजूद रहते हो मेरे दोस्त

अनुक्रम

लक्ष्मी प्रसाद की अमर दास्तान

पतति पावनी गंगा और कोसी नदी के बीच बसता है वो गांव जो घने जंगलों से घिरा है। हरियाली का ये परदा इतना घना है कि कई बार कच्ची पगडंडियों के किनारे बने छोटे-छोटे शानदार रंगों से पुते मकानों की छत तक नज़र नहीं आती।

इन्हीं हरे भरे पेड़ों पर उगता है जरदालू नाम का वो फल जिसे यहां सुनहरे आम के नाम से भी जाना जाता है और जो इतना मीठा होता है कि अगर आप इसे खा लें तो इसका स्वाद कई दिनों तक ज़ुबान पर छाया रहता है जैसे मुंह में कोई ख़ुशबू सी घुल गई हो। लेकिन इस जगह की एक और ख़ासियत भी है और वो ये कि पूरे ज़िले में यही इकलौता ऐसा गांव है जहां किसी बेटी के पैदा होने पर भी खूब खुशियां मनाई जाती हैं।

किसी ज़माने में ये गांव भी दूसरे गांवों की ही तरह था, धूसर खेतों में धान की फसल खड़ी रहती थी, लड़कों को घी का लड्डू समझा जाता था, लड़कियां बोझ मानी जाती थीं और कई बार तो गुपचुप तौर पर पैदा होते ही नदी में बहा दी जाती थीं। लेकिन एक लड़की ने इस गांव की तस्वीर ही बदल डाली और उसका नाम था, लक्ष्मी प्रसाद।

~

मां, मुझे भी अपने साथ ले चलो ना, बैलगाड़ी के साथ-साथ भागते हुए लक्ष्मी ने गुहार लगाई। लक्ष्मी की मां सुरभि देवी अपनी बेटी और

लक्ष्मी की बड़ी बहन सुकृति की शादी की खरीददारी के लिए नज़दीक के शहर जा रही थीं। उन्होंने अपनी बेटी को डपटकर भगाने की कोशिश की। आखिरकार लक्ष्मी को मां की बात माननी ही पड़ी और वो धूल भरी सड़क पर दूर तक बैलगाड़ी को निगाहों से ओझल होने तक निहारती रही जिस पर बैठी उसकी मां की नीली साड़ी लहरा रही थी और जो मुंगेर की ओर जा रही थी जहां के किस्से तो लक्ष्मी ने खूब सुने थे लेकिन वहां जाने का मौका उसे कभी मिल नहीं पाया था।

तभी बूंदाबांदी शुरू हो गई थी और लक्ष्मी तेज़ कदमों के साथ घर लौटने लगी। पहले से ही छोटी हो चुकी उसकी पीली सलवार कमीज़ अब गीली होकर पीठ से चिपक गई थी। वो अपने घर की ओर लगभग दौड़ते हुए जा रही थी और तेल चुपड़ी हुई और काले रिबन से बंधी उसकी दोनों चोटियां हवा में लहरा रही थीं।

उसकी बहन अहाते में अपनी दो सहेलियों के साथ बैठी थी और जब लक्ष्मी बगल से गुज़री तो उसने बड़े अनमने तरीके से उसे नज़रअंदाज़ कर दिया।

ऐसा लग रहा था कि सुकृति के पास आजकल लक्ष्मी के लिए वक्त ही नहीं बचा था। दोनों के बीच उम्र के लिहाज़ से तो तीन साल का फासला था लेकिन जब दोनों साथ-साथ खेलती थीं, एक दूसरे के साथ वक्त बिताती थीं और बरगद के पेड़ के नीचे घंटों झूला झूती थीं

तब ये अंतर इतना महसूस नहीं होता था जितना अब हो रहा था।

लकड़ी का पट्टा फंसाकर बनाए गए झूले पर लक्ष्मी बैठती थी और उसकी बहन खड़ी होकर पेंग भरती थी। जब झूला हवा में आगे बढ़ता था तो उसकी सलवार लक्ष्मी की पीठ को छूती हुई लहराती थी और उन दोनों के वज़न से पेड़ की डाली चरचराने लगती थी।

लेकिन लगता था कि सुकृति अचानक से ही बड़ी हो गई थी और उसके पास इन सब चीज़ों के लिए वक्त नहीं था जिसे अब वो बचकानी हरकतें मानने लगीं थी। अपनी मां की साड़ी पहनकर वो शादी के बाद की ज़िंदगी के सुहाने सपने देखती थी और अपनी उम्र की लड़कियों के साथ हमजोली की बातें करती थी कि कैसे शादी के बाद उसका अपना घर होगा और कैसे वो अब एक लड़की से पूरी तरह औरत बन जाएगी।

लक्ष्मी घर की कच्ची मिट्टी वाली फर्श पर बिछाई हुई दरी पर लेट गई। उसने आसपास की स्याह दीवारों पर एक नज़र डाली। एक दीवार के सहारे बर्तन और खाना बनाने के सामान रखे हुए थे। दूसरी तरफ एक लकड़ी की सादी सी आलामारी में इस जगत के पालनहार ब्रह्माजी, धन की देवी लक्ष्मी और ज्ञान की देवी सरस्वती की मूर्ति रखी थी। बेदी पर फूल और अगरबत्तियां सुशोभित थीं।

लक्ष्मी के कानों में अपनी बड़ी बहन की खिलखिलाहट भरी बातें

पड़ रही थीं जो वो बाहर अहाते में अपनी सहेलियों के साथ कर रही थी। अचानक उसे लगा कि वो बिल्कुल अकेली है। वो बाहर अहाते में आ गई और दूर किनारे पर बैठ कर उन लड़कियों की निगाहों से बचने के लिए बारिश को देखने का बहाना करने लगी।

सुकृति और उसकी सहेलियों ने जब लक्ष्मी को वहां बैठे देखा तो उन्होंने अपनी आवाज़ नीची कर ली और एक दूसरे से फुसफुसा कर बात करने लगीं। इस पर तो लक्ष्मी और चिढ़ गई और उनकी बातचीत में खलल डालते हुए उन्हें चिढ़ाने के लिए जानबूझकर इधर-उधर देखते हुए अपने आप से बात करने लगी।

पहले उसने पास से गुज़रते रहे एक कुत्ते को दुत्कारा और फिर सामने के घर में रहने वाले लच्छू के मधुमक्खी से काटे जाने का किस्सा याद करने लगी। और फिर अपनी बहन की सहेलियों को दिखाने के लिए कि वो अब भी सुकृति के कितने करीब है, उसने जानबूझकर कहा, याद है सुकृति हमने लंगड़ी खेली थी और तू मुझे पकड़ते-पकड़ते थक गई थी, फिर हमने एक दर्जन आम खाए थे और पूरे हाथों में आम का रस लगाए हुए ही उनके बीजों को दो गड्ढों में भर दिया था। चल देखते हैं कि आम के पेड़ निकले हैं कि नहीं।

सुकृति इस बात पर हंसने लगी, जैसे अपनी सहेलियों को जताना चाहती हो कि वो अपनी बहन की तरह बच्ची नहीं रही। क्या तुम

पागल हो गई हो लक्ष्मी, इतनी तेज़ बारिश हो रही है और फिर अगर कुछ हफ्तों में ही आम के पेड़ उगने लगते ना तो हर कोई खेत में धान की फसल उगाने की जगह आम के पेड़ नहीं उगा लेता। तुम्हें पता है, जरदालू का पेड़ तैयार होने में कई बरस लग जाते हैं और मैं नहीं समझती कि कोई इतना बेवकूफ होगा कि रोज़ उन्हें पहले पानी दे और फिर आठ नौ साल उनका फल खाने का इंतज़ार करें। हां तेरे जैसा बेवकूफ होगा तो ये ज़रूर करेगा।

अपनी बहन का ये जवाब सुनकर लक्ष्मी और चिढ़ गई, खासतौर पर इसलिए भी क्योंकि वही हर वक्त आम के गड्ढों पर पानी डालती रहती थी और अभी कोई कोंपल तक ज़मीन से बाहर नहीं निकली थी, हालांकि उसने आस नहीं छोड़ी थी।

उसकी आंखों में आंसू छलक उठे। बड़ी सफाई से उसने उन्हें पोंछ डाला कि कहीं किसी की नज़र न पड़ जाए। फिर बोली, ठीक है, मैं ही बेवकूफ हूं। और वैसे भी अब मुझे उन्हें पानी डालने की ज़रूरत नहीं है, देख लो ज़रा आसमान की तरफ, सारे भगवान मिलकर मेरे लिए वो काम कर रहे हैं। इसके बाद तो उसे ऐसा गुस्सा आया कि वो अपनी बहन और उसकी सहेलियों को उस पर हंसते हुए छोड़कर तेज़ी से बरसते पानी में भीगते हुए घर से निकल पड़ी। बेमकसद, बिना सोचे समझे कि आखिर उसे जाना कहां है।

~

सुकृति की शादी के बाद लक्ष्मी ने घर के कामों जैसे कि खाना बनाना, साफ़ सफ़ाई, बर्तन मांजने में अपनी मां का हाथ बंटाना शुरू कर दिया। कई बार सुरभि देवी कहतीं भी थी कि वो आगे की गृहस्थी के लिए लक्ष्मी को तैयार कर रही हैं।

दोपहर बाद वो अपने पिता के लिए खाना लेकर जाती थी। खेत की मेड़ के पास खड़े होकर वो तब तक हाथ हिलाती रहती जब तक कि पिताजी उसे देख नहीं लेते थे। इसके बाद वो उसके पास आते, अपनी सूती कमीज़ से चेहरे पर बह रहे पसीने को पोंछते, नीली और सफेद रंग की लुंगी को समेटते हुए मुंडेर पर चढ़ जाते। उनकी कमर उम्र और हाड़तोड़ मेहनत के चलते झुकने लगी थी। वो पहले पानी के बड़े-बड़े घूंट पीते और फिर दोनों मिलकर दाल और प्याज़ के साथ रोटियां खाते थे। इस बीच कौवों का झुंड उनके ऊपर मंडराता रहता था कि कैसे दोनों खाकर उठें और बचे हुए जूठन में उन्हें हिस्सा मिले।

बिजेन्द्र प्रसाद को अपनी इस छोटी बेटी से बड़ा प्यार था। वो हमेशा उससे कहते थे कि उसे देखकर उन्हें अपनी दादी मां की याद आ जाती थी। दोनों के ही हाथ छोटे-छोटे थे और चेहरा लंबा था, इतना ही नहीं नाक और होंठ के बीच काफी दूरी भी थी लेकिन दोनों ही सुंदर थीं।

कई बार मौसम सुहाना होता था तो वो उसके साथ खाने के बाद थोड़ी देर बैठ जाते और उसे रामायण की कहानियां सुनाया करते। एक दिन उन्होंने अपनी बेटी को श्रवण कुमार की कहानी सुनाई, जिसने अपने अंधे माता-पिता की अच्छी तरह देखभाल करने में ही अपना सारा जीवन बिता दिया था। कहानी के बीच ही वो कई बार अनायास कह उठते, इसीलिए एक बेटा होना बहुत ज़रूरी होता है, आखिर वही तो बुढ़ापे की लाठी होता है। बेटियों के साथ तो सारी ज़िंदगी की कमाई देने में ही चली जाती है।

लक्ष्मी अब सोलह साल की हो चुकी थी और वो अच्छी तरह समझती थी कि पिताजी सुकृति के बारे में सोचते हुए ये बात कहते थे जिसके ससुराल वालों ने पिछले साल और दहेज दिए जाने की मांग की थी और जिनकी ऐसी मांगें खत्म ही नहीं होती थीं। बेटी का नाम भर लेने से ही उसके पिताजी के चेहरे पर चुप्पी पसर जाती और वो बस अपनी गर्दन की हड्डी को रगड़ते हुए जैसे खुद को दिलासा देते हुए कहने लगते थे, सुकृति बिल्कुल ठीक है, सब कुछ ठीक है, ये भी इंतज़ाम कर लिया जाएगा।

लेकिन उस दिन इस लाइन के मायने खत्म हो गये जब सूजी हुई आंखें लिए सुकृति अपनी ससुराल से घर वापस आ गई। उसका बदन हड्डियों का ढांचा भर रह गया था, ऐसा लगता था कि हड्डियों पर बस

चमड़ी किसी तरह चिपकी है। उसके पूरे शरीर पर गर्म पानी फेंकने और गर्म तवे से दागे जाने के निशान थे।

सुकृति वापस आ गई थी और कुछ दिनों बाद जब उसका पेट बढ़ने लगा तो पता चला कि वो अकेली वापस नहीं आई थी बल्कि अपने पति की निशानी भी पेट में लेकर आई थी। उसकी ससुराल तुलसीपुर में उसके पति को इसकी ख़बर भी दी गई लेकिन कोई उसे ले जाने के लिए नहीं आया।

अब दोपहर में लक्ष्मी अपनी बहन के साथ दूर तक टहलने निकल जाती। जरदालू के पेड़ के नीचे बैठकर पके हुए आमों को छीलकर उनका आनंद लेने के दौरान सुकृति के मन में लक्ष्मी के लिए भरी कड़वाहट खत्म हो गई।

उन दोनों ने एक बार जो बीज बोए थे, अब वो बड़े होकर पेड़ बन चुके थे, हालांकि उनमें फल आने में अभी कई साल लगने थे।

कई बार सुकृति अपनी साड़ी को किसी तरह पेट के ऊपर बांधे हुए और चोट के दागों से भरी अपनी पीठ को किसी पेड़ से टिकाकर बैठे हुए गहरी सांस भरकर कह उठती, लक्ष्मी मैं भगवान से मनाती हूं कि ये बच्चा लड़का ही हो। उसके लिए ज़िंदगी ज़्यादा आसान रहेगी। हम लड़कियों के भाग में कुछ भी नहीं होता। हमें दूसरे के घर रहने के लिए जाना पड़ता है और वो लोग हमें गुलाम समझते हैं। मैं उन्हें खाना

बनाकर खिलाती हूं और जो उनकी थाली में बच जाता है वही इकट्ठा करके मुझे खाना पड़ता है। किसी थाली से एक चपाती, किसी से दो कौर चावल और अगर किस्मत अच्छी रही तो किसी की थाली से गोभी का टुकड़ा भी मिल जाता है।

और ताने तो जैसे खत्म ही नहीं होंगे। तुम कौन-सा अपने घर से इतना कुछ लेकर आई हो कि हम तुम्हें महारानी की तरह रखें। इस दीवाली अपने पिता से कहो कि झुमके बनाकर भेजें। यहां तक कि मेरे पति को भी ये अहसास हो गया था कि वो मुझे कुत्ते की तरह लात मार सकता है और मैं फिर से सिर झुकाकर उसकी सेवा करने के लिए आ जाऊंगी क्योंकि मेरे पास कोई और ठौर-ठिकाना नहीं था।

लक्ष्मी काफी देर तक आमों से लदी डालियों को देखती रही और फिर उसने अपनी बहन से पूछा, लेकिन क्या हम इन सारे आमों को इकट्ठा करके शहर में नहीं बेच सकते, जैसे हम अपना धान बेचते हैं। इससे क्या हमें कुछ पैसे नहीं मिल जाएगे। उसकी बहन तुरंत बोली, लेकिन ये हमारे पेड़ नहीं है कि हम इसके फल तोड़ लें और बाज़ार में बेच आएं। इसका जवाब भी था। लक्ष्मी ने कहा, लेकिन अगर ये हमारे होते तो फिर?

सुकृति ने सिर्फ अपना सिर हिला दिया और बोली, दिन में सपने देखना बंद करो लक्ष्मी। जैसा चला आ रहा है वैसा ही चलता रहेगा।

लेकिन अगर मेरा बेटा हुआ तो फिर पहले जैसा हाल नहीं रहेगा। मैं अपनी गोद में लेकर फख्र से अपना सिर उठाए तुलसीपुर लौट जाऊंगी। मैंने तो उसका नाम भी सोच लिया है। रामानंद। कैसा है ये नाम?

~

मौसम बदल गए। बारिश इस बार ज़बर्दस्त हुई लेकिन सिवाय एक गाय के मरने और उनके पड़ोसी घनश्याम की छत ढहने के अलावा छठ पूजा की शाम तक कुछ भी खास नुकसान नहीं हुआ। इस इलाके में छठ पूजा एक बड़ा त्यौहार था जिसमें सूर्य देवता की पूजा की जाती थी। हर साल की तरह इस मौके पर लक्ष्मी और सुरभि देवी ने मिलकर घर में अच्छी तरह से साफ़-सफाई की थी।

लेकिन अभी बहुत काम बाकी था, अभी तो केले के चिप्स बनाने थे और मिठाइयां भी बांटनी थीं। आखिर नदी के किनारे शाम को तो पूरा गांव इकट्ठा होता था और गोधूलि बेला में नदी में लोग नहाते थे। पूरी फिज़ा में गीत संगीत गूंजता था और हर तरफ हंसी-खुशी का माहौल होता था। बुज़ुर्ग औरतें थालियों पर थाप देकर गीत गाती थीं और पारंपरिक नाच गाना जमकर होता था।

सुरभि देवी गुड़ आटे और घी से तैयार होने वाली छठ पूजा की खास मिठाई ठेकुआ बनाने में व्यस्त थीं कि तभी सुकृति को दर्द उठा। गहमागहमी के माहौल में लक्ष्मी अहाते में अपने पिता के साथ बैठी

बहन की चीख-पुकार सुनती रही, कि अचानक दीदी की चीख शांत हो गई और एक बच्चे के रोने की आवाज़ आई।

वो तेज़ी से भागकर अंदर गई। पूरे कमरे में पसीने और खून की गंध भरी हुई थी। दाई मां ने बच्चे को हाथ में उठाया था। उन्होंने बच्चे को सुरभि देवी को थमा दिया। काफी लंबी चुप्पी के बाद लक्ष्मी की मां ने अपना सिर ऊपर उठाया और हल्के से बोलीं, बेटी हुई है। बच्ची लगातार चीख रही थी लेकिन कमरे में मौजूद चारों औरतें बड़ी देर तक खामोश बैठी रहीं।

चालीस दिन तक सुकृति उसी कमरे में रही, उसके कानों में रूई भर दी गई थी ताकि कहीं कोई हवा उसके शरीर में दाखिल होकर उसके पहले से कमज़ोर बदन को और खोखला न कर दे। ये सब गांवों में आज़माए जाने वाले टोटके थे जिनके बारे में कहा जाता था कि ये आयुर्वेद पर आधारित थे, जैसे कि उसके पेट को लपेटते हुए अच्छी तरीके से साड़ी बांध दी जाती थी, उसके पैरों के तलवों पर जड़ी-बूटियों का लेप लगाया जाता था ताकि गर्माहट पैरों के ज़रिए उसके सीने तक पहुंचे और उसे ताकत मिले।

कुछ हफ्तों के बाद सुकृति के बदन में पहले जैसी ताकत लौटने लगी थी। इसी समय उसकी मां ने सलाह दी कि अब उसे अपने पति के घर लौट जाना चाहिए।

लक्ष्मी को जैसे झटका-सा लगा। क्या उसकी मां सच में यही नाटक करने जा रही थी कि सुकृति तो मायके सिर्फ़ गर्भवती होने की वजह से आई थी क्योंकि इलाके में यही रिवाज़ था कि पहला बच्चा मायके में होता है। और फिर यही बात तो वो काफी दिनों से हर गांववाले से कह रही थीं। अपनी इज़्ज़त बचाने के लिए वो सुकृति के साथ हो रहे बुरे बर्ताव की बात किसी के सामने नहीं कहेंगी।

सुरभि देवी ने सुकृति को घंटों समझाने की कोशिश की, उसे मनाती रहीं, गुज़ारिश करती रहीं कि अब जबकि उसकी गोद में बच्चा है तो फिर उसका पति उसके साथ अच्छा सुलूक करेगा और सास का भी रवैया बदला हुआ होगा। सुकृति को जल्दी ही यकीन होने लगा कि हालात वाकई बदल जाएंगे लिहाज़ा वो अपनी ससुराल जाने के लिए तैयार हो गई।

हालांकि ये सफ़र शुरू होने से पहले ही ख़त्म हो गया। क्योंकि कुछ ही दिनों के भीतर उन्हें तुलसीपुर यानी सुकृति की ससुराल से संदेश मिल गया। सुकृति के ससुराल वालों को पता चल चुका था कि उसने एक बेटी के जन्म दिया था, लिहाज़ा ससुराल वालों ने सुकृति और उसकी बच्ची दोनों से पल्ला झाड़ते हुए ये कह दिया जब वो ससुराल से गई थी तो गर्भवती थी ही नहीं। मतलब साफ़ था कि ये बच्चा अवैध है।

ये खबर सुनने के बाद सुकृति पछाड़ खाकर घर के दालान में ही बेहोश हो गई। लक्ष्मी की नज़र अपनी बहन के शरीर पर टिकी हुई थीं जिसके दुबले-पतले हाथ उसके घुटनों के बीच थे और उसने अपने हाथों और पैरों को सीने से लगाकर शरीर समेट लिया था। वो कातर निगाहों से उस पालने की ओर देख रही थी जिसमें उसकी बेटी अपनी मां पर पड़ी इस विपत्ति से बेखबर आराम से सो रही थी। वहीं सुकृति की मां अलग विलाप कर रही थी, हे भगवान अब क्या होगा, मेरी लक्ष्मी का क्या होगा। अब उससे कौन शादी करेगा? पहले ही हमारे पास कुछ देने के लिए नहीं बचा था और अब ये मुसीबत आ गई...

उसके पिता सन्न खड़े थे, उनकी आंखों में लाचारी साफ़ नज़र आ रही थी। वो बोले, मैं अपनी ज़मीन बेच दूंगा, मैं दिहाड़ी मज़दूर का काम कर सकता हूं, मुझे कोई दिक्कत नहीं है। हम लड़के वालों को वो सब दे देंगे जो वो मांग रहे हैं। हम किसी तरह से काम चला लेंगे।

सत्रह साल की लक्ष्मी को ज़िंदगी में कभी इतना गुस्सा नहीं आया था। गुस्से में उसका दिल ज़ोर-ज़ोर से धड़कने लगा, उसकी मुट्ठियां भिंच गईं, यहां तक कि कान लाल हो गए जैसे कि गुस्से की आग से वो दहक उठे हों। गुस्से से भरी आवाज़ में बड़ी मुश्किल से खुद पर काबू करते हुए वो बोली, ये काम चलाने का काम बहुत हो गया, बहुत झुक चुके हम लोग। मां मैं शादी नहीं करूंगी। और तब तक नहीं

करूंगी जब तक कि इस गांव की हर लड़की के पास अपने खुद के लिए कोई सहारा खड़ा नहीं हो जाएगा। जब हमारे पास कुछ होगा तभी लोग हमारे साथ ऐसा बर्ताव करना बंद करेंगे।

लक्ष्मी उस पूरी रात अहाते में बैठी रही, ठंड से बचने के लिए उसके बदन पर सिर्फ एक शॉल थी। उसके पिता ने रात में कई बार उसे मनाने की कोशिश की ताकि वो जाकर सो जाए लेकिन उसने अपनी जगह से हिलने से भी इन्कार कर दिया। घंटों ऐसे ही बीत गए। लक्ष्मी एक ही जगह पर बैठी रही, रात के काले आसमान में छाए बादलों के बीच चांद की लुका-छिपी देखती रही, दूर कुत्तों के भूंकने की आवाज़ सुनती रही।

बीच-बीच में उसे नींद के झोंके भी आते थे, उसका सिर झूल जाता था और लकड़ी की चौखट से टकरा जाता था, इससे फिर से उसकी नींद खुल जाती और वो जागने लगती। भोर होने से पहले वो अहाते में बेसब्र होकर चहलकदमी करने लगी। रात भर ठंड में बैठे-बैठे उसका बदन अकड़ गया था। उसकी नज़रें अपने गांव पर टिक गईं, उसके घर के सामने का धूल भरा कच्चा रास्ता, सामने का वो खलिहान जहां उसके पैरों पर से लंबा हरिया सांप गुज़र गया था, वो बरगद का पेड़ जहां से गुज़रती ठंडी हवा में वो झूला झूलती थी। इन सारे ख्यालों के बीच उसने अकड़ चुकी अपनी उंगलियों के पोरों को चटकाया,

फिर उसकी नज़र अपनी दस उंगलियों पर पड़ी और जैसे बिजली की चमक की तरह उसके दिमाग में सारी परेशानियों का हल निकल आया।

सुबह हुई तो लक्ष्मी ने नीम की दातुन से दांत मांजे, फिर रात में तांबे के बर्तन में भरकर रखे पानी से अपने चेहरे को साफ़ किया। इसके बाद दैनिक क्रिया कर्म के लिए वो हाथ में पानी से भरा अल्युमिनियम का लोटा लेकर घर के पीछे की खाली ज़मीन की तरफ चली गई, लेकिन उसके दिमाग में यहां भी एक ही बात घूम रही थी।

जब वो लौटी तो पूरा घर जग चुका था, उसकी बहन अपनी नवजात बेटी राधा को दूध पिला रही थी और उसने बच्चे के चेहरे को पीले दुपट्टे से ढंक रखा था। लक्ष्मी की मां ने चाय बनाने के लिए दूध, पानी और पत्ती डालकर बर्तन में चढ़ा दिया था और अब वो अदरक चाय में डालने के लिए कूट रही थी। पिता की आंखों में गहरी निराशा थी और वो चुपचाप बिना उससे नज़रें मिलाए भगवान की मूर्तियों के आगे अगरबत्ती ज़लाकर पूजा कर रहे थे।

जब वो पूजा कर चुके तो लक्ष्मी बोली, बाबूजी क्या आप मेरे साथ चलेंगे। कुछ पूछिएगा मत, बस मेरे साथ आइए।

बिजेन्द्र प्रसाद अपनी बेटी से साथ गांव में निकल पड़े। वो थोड़े चौकन्ने से थे क्योंकि वो जानते थे कि लोगों की नज़र उनकी तरक्की

पर थी। ये वो गांव था जहां पर लोग ज़रा सुस्त ज़िंदगी जीते थे, किसी को कोई जल्दी नहीं थी और वास्तव में आसपास कोई जाने की जगह भी नहीं थी।

जब वो गांव के बीचों-बीच पहुंच चुके तो लक्ष्मी ने यहां बने शंकर सिंह के घर पर दस्तक दी। उन्होंने दरवाज़ा खोला और लक्ष्मी उसने कुछ बात करने लगी, शुरुआत में वो थोड़ा झिझक रही थी लेकिन बाद में वो खुलकर बोलने लगी। जो कुछ भी उसके ज़ेहन में घूम रहा था और शायद बरसों से उसके दिल के किसी कोने में जो ख्याल दबे हुए थे वो अब खुलकर सामने आ रहे थे। उसे जैसे समझ में आ रहा था वो वैसे ही बोले जा रही थी, बोलते-बोलते उसकी सांस फूलने लगी। उसने ज़रा ठहरकर लंबी सांस ली, खुद को संयत किया और फिर अपने जवाब का इंतज़ार करने लगी।

तिरासी साल के शंकर सिंह गांव के सबसे बुज़ुर्ग आदमी थे। गांव में उनका काफी सम्मान भी था क्योंकि उन्होंने गांव में एक छोटा स्कूल भी शुरू किया था और बरसों से गांव के बच्चों और आम लोगों को सामान्य गणित और पढ़ाई-लिखाई सिखाया करते थे।

उन्होंने बड़े गौर से इस लंबी और बेढंगी-सी लड़की को देखा, जिसने हरी साड़ी और अपनी नाप से बड़ी ढीली-ढाली काली चोली पहनी हुई थी, देखने में साफ़ पता चलता था कि ये सब उसकी मां का

था। लेकिन इस छोटी सी लड़की के दिमाग में वो बात थी जो पिछले कई सौ सालों में इस गांव के किसी भी इंसान के दिमाग में नहीं आई थी। शंकर सिंह ने लड़की से कुछ वक्त मांगा ताकि वो उसके सुझाव पर थोड़ा विचार कर सकें और खासतौर पर इस छोटे-से गांव के उन लोगों से बात कर सकें जिनकी राय इस मामले में काफी अहम थी।

~

जरदालू के पेड़ फलों से लदे हुए थे, हर टहनी में कम से कम छह सुनहरे आम लगे थे जिनके वज़न से वो झुकी जाती थी। लक्ष्मी ने इस दिन के लिए पांच महीनों तक इंतज़ार किया था। इन पांच महीनों में शंकर सिंह इस गांव में लोगों के घर-घर तक गए और उन्हें इस चमत्कारी आइडिए पर काम करने के लिए राज़ी किया। वो पेड़ के नीचे खड़ी हो गई और उसके परिवार ने दो तश्तरियों को लेकर बनाए गए मंजीरे को बजाना शुरू कर दिया। धीरे-धीरे पूरा गांव पेड़ के पास इकट्ठा हो गया।

लक्ष्मी ने बहन सुकृति से कहा कि वो गोद से अपनी बेटी राधा को मां की गोद में दे दे। नन्हीं राधा ने सिर पर एक सुंदर सी टोपी पहनी थी और बुरी नज़र से बचाने के लिए उसकी मां ने उसके सिर पर एक काला टीका लगा दिया था। इसके बाद दोनों बहनों ने एक लंबी डंडी के सहारे पेड़ से पके हुए आम तोड़े और चाकू के सहारे फलों को काट

दिया।

उन्होंने फल काट कर उसके बीज निकाले और फिर उन बीजों को एक कतार में बोना शुरू कर दिया। इसके बाद लक्ष्मी गर्व से तनकर खड़ी हो गई, उसकी आंखों में एक नई चमक थी, उसने बुलंद आवाज़ में कहना शुरू किया, ये दस पेड़ राधा के पेड़ हैं। ये पेड़ उसके साथ ही बड़े होंगे, उसके साथ ही हर साल लंबे और मज़बूत होते जाएंगे। जब वो आठ साल की हो जाएगी तो फिर इन पेड़ों पर फल आएंगे। हम इन फलों को मुंगेर में बेचेंगे और वो पैसा राधा का होगा। इसके बाद हर साल इन पेड़ों से फल आएंगे और उसका पैसा राधा के नाम इकट्ठा होता रहेगा जो उसकी पढ़ाई और उसकी शादी में काम आएगा।

जब भी एक बच्ची पैदा होगी हम उसके इस गांव की धरती पर पैदा होने का जश्न मनाएंगे और उसके लिए दस जरदालू के पेड़ लगाएंगे और वो पेड़ हमेशा के लिए उसी के होंगे। ये दस पेड़ दस उंगलियों की तरह होंगे जिनकी मुट्ठी में गांव की हम औरतों की अपनी किस्मत अपने हाथों में बंद होगी।

~

एक स्कूली छात्रा साइकिल पर सवार होकर गांव के बाहर बनी पतली कच्ची सड़क पर चली जा रही है, उसकी यूनिफॉर्म पसीने से भीगी हुई है और वो तेज़ी से साइकिल के पैडल मार रही है। रुचिरा आज लेट

हो गई है। वो गांव के पुराने नाई बदरू को अपनी तरफ़ आता हुआ देखती है तो ज़ोर से पूछती है, बदरू चाचा, क्या टाइम हो गया है?

बदरू अपनी सूती कमीज़ की ऊपर की जेब से मोबाइल फोन निकालता है और पान मुंह में भरे हुए ही आवाज़ लगाता है, तिरालिस हुआ है, धीरे जाओ रुचिरा बेटी।

रुचिरा काफी करीब पहुंच गई। समारोह पहले ही शुरू हो चुका है। हरी घास पर रंग-बिरंगी दरियां बिछी हुई है और उन पर हाथों में हारमोनियम और ड्रम लिए हुए महिलाएं बैठी हुई हैं। उसने अपनी दोस्त इंदु को अपनी मां के पास बैठे हुए देखा, दो लाल डफलियां उसकी गोद में पड़ी हुई थीं। वो तेज़ी से उनके पीछे जाकर बैठ गई।

एक मां की गोद में सात दिन की बच्ची है और उस बच्ची के लिए दस जरदालू के पेड़ ज़मीन में रोपे जा रहे हैं। बच्चे की मां विधि हर किसी को मिठाई बांटते हुए थक ज़रूर गई है लेकिन उसके चेहरों पर गर्वीली मुस्कान है।

रुचिरा बड़े गौर से पूरे समारोह को देखती है, उसकी उंगलियां तंबूरे की घंटियों से खेल रही हैं। गांव के एक कोने में उसके नाम के भी दस पेड़ लगे हुए हैं। अपने पंद्रहवें जन्मदिन के मौके पर वो एक छोटी-सी पूजा करेगी जिसमें वो हर पेड़ को एक कलावा बांधेगी और उनकी देखभाल करने का वचन देगी, बदले में वो पेड़ ज़िंदगी भर उसकी

देखभाल करेंगे।

उसकी मां ने उसे बताया था कि यही वो इकलौता गांव है जहां पर किसी भी जाति के लोग यहां तक कि वो लोग जिनके पास ज़मीन नहीं है वो भी अपनी बेटियों के लिए गांव की किसी भी जगह पर पेड़ लगा सकते हैं यहां तक कि सड़क के किनारे भी।

उसे बड़ी हैरानी होती है कि आख़िर ये जरदालू का पेड़ लगाने की परंपरा कैसे शुरू हुई, लेकिन यहां किसी को कुछ याद नहीं। यहां तक कि उसकी दादी मां को भी याद नहीं कि ये कैसे शुरू हुआ वो तो बस इतना जानती है कि इस गांव में बरसों से ऐसा ही चला आ रहा है।

इस बीच आखिरी पेड़ भी रोप दिया गया है और अब औरतें गाजे-बाजे के साथ मंगल गीत गा रही हैं और इन गीतों में उस लक्ष्मी को याद कर रही हैं जिसकी कृपा गांव की हर औरत पर रहती है जिसके कारण उनकी ज़िंदगी में धन-दौलत और खुशहाली आती है।

ये एक काफी पुराना गीत है जो एक पीढ़ी से दूसरी पीढ़ी की ज़ुबां पर चढ़ता जाता है। लेकिन इसे गा रही औरतों को ये नहीं पता है कि ये गीत धन की देवी लक्ष्मी के लिए नहीं हैं जो कि स्वर्ग में रहती हैं बल्कि ये उस चुलबुली लड़की की कहानी सुनाते हैं जो कभी इन्हीं आम के बागों में अठखेलियां करती थी।

सलाम नोनी आपा

सफेद रंग की फिएट की खिड़की से एक बुज़ुर्ग महिला ने अपना सिर बाहर निकाला। ये नोनी आपा थीं जो अभी-अभी ग्लोरी ब्यूटी पार्लर से लौटी थीं और इसी वजह से उनके करीने से रंगे गए भूरे बालों में ग्यारह रोलर लगे हुए थे और पूरा सिर गुलाबी जालीदार कपड़े से ढका हुआ था।

उन्होंने गेट पर ऊंघ रहे चौकीदार को आवाज़ लगाई, 'बाबूराम, यू डफर, गेट खोलो जल्दी से।' बाबूराम अपना जितना वक्त सी ब्रीज़ बंगले के टूटे-फूटे दरवाज़े की रखवाली में लगता था उससे कहीं ज़्यादा वो दिन में सपने देखने में लगाता था। आवाज़ सुनकर वो हड़बड़ाकर भागा और जल्दी से धक्का देकर उसने गेट खोला।

नोनी आपा ने बड़ी मशक्कत के साथ गियर के हत्थे को झटका दिया और दूसरे गियर में कार आगे बढ़ाई। कार भी जैसे हिचकोले खाते हुए इंच-इंच करके समंदर के किनारे बने इस छोटे-से घर में दाखिल हुई।

मौसम की मार से बदहाल हो चुके घर में दाखिल होते ही नोनी आपा को उनकी छोटी बहन बिन्नी नज़र आई जो खाने की मेज़ पर बैठी हुई चाय पी रही थी और चिलगोज़े के छिलके उतार कर उन्हें एयरटाइट जार में रखती जा रही थी।

नोनी और बिन्नी, ये नाम इन दोनों ही महिलाओं के दस्तावेज़ों

में दर्ज नाम नहीं थे लेकिन वक्त के साथ उनके जो भी इस्माइली मूल के नाम ग्रेट आगा खान ने रखे थे वो धीरे-धीरे लोगों के जेहन से दूर होते गए और उनकी ज़ुबां पर रह गए तो सिर्फ़ यही दोनों नाम।

बिन्नी आज दोपहर से ही बहुत खुश थी। उसके पास सीधे अमेरिका से एक पार्सल आया था। इसमें दो बड़ी काम की चीज़ें रखी हुई थीं, एक वीडियोटेप और एक ख़त।

वो तुरंत अपनी कच्छी ज़बान में शुरू हो गई, हालांकि ये लगती तो सिंधी ज़बान की तरह ही है लेकिन है वास्तव में उससे बिल्कुल अलग। वैसे उसकी सारी बातचीत किसी काम की नहीं थी क्योंकि नोनी आपा हमेशा की तरह अपने कान की मशीन लगाना भूल गई थीं और कुछ भी उनको सुनाई नहीं पड़ा। लेकिन उनकी निगाहों से अपनी छियासठ साल की इस भारी वज़न वाली बहन का खुशी और उत्साह से सिर हिला-हिलाकर चहकते हुए कुछ बोलने का नज़ारा छिप नहीं सका।

नोनी आपा ने बड़ी ही सावधानी से अपने दुपट्टे की तहों में फंसी हुई कान की मशीन लगाई और फिर पूछा, 'कोरो थियो बिन्नी, तुम क्या कह रही हो?'

बिन्नी ने वो चिट्ठी नोनी आपा की नाक के सामने लहराई और बोली, 'इसे देखो, हमारे चचेरे भाई इब्राहीम का ख़त। अरे वही

ह्यूस्टन वाला। उसने यहां पर किसी से जमातखाने में बात की है। तुम्हारी मल्लिका के लिए एक शानादर इस्माइली लड़का खोजा है।'

नोनी आप ने गहरी सांस ली और कहा, 'छोड़ो ये सब बिन्नी। सबसे पहली बात तो ये है कि बिन्नी लंदन छोड़कर ह्यूस्टन नहीं जाने वाली और उससे भी खास बात ये है कि वो कहती है कि उसे अकेले रहने में कोई दिक्कत नहीं है।'

बिन्नी तुरंत चिढ़ते हुए बोली, 'इस तरह तो वो कुंवारी ही मर जाएगी। अब वो कितने की हो चुकी है बोलो, पूरे छियालीस की। ये टेप वीसीआर में लगाओ और कम से कम हम देख तो लें कि आखिर मल्लिका के लिए उसने कौन-सा लड़का खोजा है।'

टेप चलते ही पूरे कमरे में कैसेट प्लेयर की आवाज़ गूंजी और एक झुर्रियों भरे चेहरे वाले, धारीदार शर्ट और ग्रे रंग की पैंट पहने इंसान की सूरत स्क्रीन पर नज़र आई। 'या अली मदद, मेरा नाम शकील नोरानी है और मैं एक दांतों का डॉक्टर हूं।'

स्क्रीन पर उसी इंसान की अलग-अलग तरीके की तस्वीरें उभरने लगीं, कोई उसके दफ्तर की तस्वीर थी जिसमें उसके हाथों में डेंटिस्टों वाला शीशा नज़र आ रहा था तो किसी में वो चहकते चेहरे के साथ सुपरमार्केट में खरीददारी कर रहा था। इस छोटी-सी रील के अंत के दृश्य में वो एक कार में बैठा हुआ था और कार में बज रही मेंहदी

हसन की गजल के सुर में सुर मिला रहा था।

बिन्नी ने तुरंत आगे कहानी बढ़ाई, 'उसने मल्लिका की तस्वीर मांगी है। चलो जल्दी से भेज दें, दूसरे इस्माइली लड़कों की बजाए ये काफ़ी खुले दिमाग का लड़का है इसीलिए वो मल्लिका जैसी उम्रदराज़ लड़की से भी शादी के लिए मान गया है। वास्तव में इससे पहले उसने फिल्म एक्ट्रेस मेनका से शादी की बात चलाई थी लेकिन उस बेवकूफ लड़की ने उसे मना कर दिया और किसी डॉक्टर से शादी कर ली।'

नोना आपा जैसे ऊंघते हुए बोलीं, 'बिन्नी ये एनआरआई डेंटिस्ट तो खुद ही अल्लाह मियां से बस एक ही साल छोटा नज़र आता है, इसका मतलब है कि वो तो तुम्हारी उमर का होगा। बेहतर होगा कि तुम अपनी ही फोटो भेज दो। और हां तस्वीर में थोड़ा ज़ोर से मुस्कराना ताकि तुम्हारे तीन टूटे हुए दांत उसे दिख जाएं। मुझे पक्का यक़ीन है कि वो शादी के तोहफे के तौर पर तुम्हें दांतों का एक सेट बनवा कर दे देगा।' इतना कहते हुए नोनी आपा ने वीडियो कैसेट निकाला और उसे अपनी बहन के हाथ में थमा दिया।

नोनी आपा और बिन्नी दोनों ही इस समय उम्र के उस पड़ाव पर पहुंच चुकी थीं जहां वक्त उनके लिए ठहर-सा गया था ठीक वैसे ही जैसे बरसों पहले अमरेली की गलियों में अपने बचपन में छुपन-

छुपाई खेलते वक्त ठहर जाता था। एक बार फिर दोनों ही इस दुनिया में अकेली रह गई थीं। एक के पति की मौत मेनिनजाइटिस से हो गई तो दूसरे की कैंसर से और बच्चे दूर विदेशों में बस गए।

आजकल नोनी आपा दिन में विशिष्ट बच्चों के स्कूल मुस्कान में मदद करती थीं और फिर शाम में बड़े ही जतन से अपनी नोटबुक में दुआएं लिखा करती थीं। वहीं दूसरी ओर बिन्नी अकेलापन दूर करने के लिए सारा दिन कोई न कोई शौक पाले रहती थी और हर शौक में नोनी आपा को या तो हिस्सेदार बना लेती थीं या फिर वही उनका निशाना बनती थीं। आखिर बिन्नी के पास पैसे की कमी तो थी नहीं और रहने के लिए समंदर किनारे का ये खड़खड़ाती खिड़कियों वाला ये बंगला तो था ही।

इस चक्कर में वो प्रह्लाद भाई से आर्ट सीखने चलीं जहां हमेशा बेचारे प्रह्लाद भाई बिन्नी को पहले टूबी पेंसिल और स्केच का इस्तेमाल करना सिखाते तो उनकी सीख की परवाह किए बगैर बिन्नी सीधे ऑयल पेंट और कैनवस से कलाकारी शुरू कर देंती। उसके बाद कढ़ाई शुरू हुई तो कुल मिलाकर एक बड़ा-सा टुकड़ा तैयार हुआ जिस पर कढ़ाई करके लिखा गया था होम स्वीट होम।

लेकिन जब कढ़ाई का टुकड़ा तैयार हो जाने के बाद सामने बैठी मिसेज मस्तान ने उन्हें याद दिलाया कि इसमें डब्ल्यू लिखा ही नहीं

गया तो जैसे कशीदाकारी से उनकी सारी दिलचस्पी जाती रही और वो दूसरी तरफ़ बैठी नोनी आपा की तरफ़ देखने लगीं। नोनी आपा ने तुरंत उनको इशारा किया कि जाने दो अब ये भी तुमसे नहीं हो पाएगा।

इसके बाद फिर गाने की क्लास का नंबर आया, उसके बाद फिर बेकिंग क्लास और यहां तक कि लाफ्टर क्लब में भी हाथ आज़माया गया। बिन्नी और नोनी आपा दोनों एक ही जैसे कढ़ाई वाले सलवार कुर्ते पहनकर बीच के किनारे जाती थीं। वहां अपने गंजे सरों को छिपाने के लिए तरह-तरह की टोपियां पहने, घुटनों तक मोज़े पहने हुए दूसरे बुज़ुर्गों के साथ वो भी हाथ लहरा लहराकर ऊपर नीचे करते हुए बिना किसी बात पर हंसने की कोशिश करतीं। और फिर आखिरकार ये भी ख़त्म हुआ और बिन्नी ने फैसला किया कि अब वो योगा करेंगी।

दोनों बहने टहलनें निकल पड़ीं। उनकी जोड़ी भी बड़ी बेतुकी सी थी। नोनी आपा अपनी बहन से छोटी थीं, दुबली-पतली थीं यहां तक कि हड्डियों का ढांचा लगती थीं तो वहीं बिन्नी गोल-मटोल थीं। उनके स्तन भारी थे तो उससे भी बड़े थे कूल्हे लेकिन तुर्रा देखिए कि वो अपना फिगर बिल्कुल कोको कोला की बोतल की तरह समझती थीं।

बिन्नी ने भोंदू को आवाज़ लगाई जो उनका खानसामा होने के साथ ही घर के सारे काम करता था। उन्होंने भोंदू से कहा कि वो

घास पर तीन चादरें बिछा दे, इससे पहले कि योग गुरु आ जाएं। इसके बाद उन्होंने अपनी बहन से कहा, 'अपने रोलर निकाल लो। इसमें तुम बिल्कुल अजीब लगती हो। और वैसे भी तुम कहां जाने वाली हो जिसके लिए इतनी सज-धज रही हो।' नोनी आपा ने सिर्फ़ इतना ही जवाब दिया, ये योग गुरु मुझे प्राणायाम और सांस लेने के तरीके सिखाएगा या मेरी खूबसूरती निहारने के लिए आएगा।

पंद्रह मिनट के बाद वो दोनों अपने-अपने तौलियों के ऊपर पांव क्रॉस करके बैठी हुई थीं और सामने थे उनके नए योग गुरु आनंद जी। मज़े की बात ये थी कि बिन्नी जो एक बार विपश्यना के एक हफ्ते के शिविर में गई थीं तो तीन दिन में ही लौट आईं, वो गुरुजी से कहीं ज़्यादा आदेश दे रही थीं।

'आनंद जी, आपा से कहिए कि कपालभाती ठीक से करें, क्या वो नहीं देख रही हैं कि उनका पेट भी अंदर और बाहर जा रहा है। देखिए नोनी आपा, इस तरह करना है, आप मुझे देखिए,' और फिर बिन्नी पूरा शरीर हिला-हिलाकर, खूब तेज़ सांस लेते और छोड़ते हुए कपालभाती करने लगी और आवाज़ें तो उनकी सांस लेने की ऐसे निकल रही थीं जैसे कि किसी भैंस को अस्थमा का दौरा पड़ा हो।

नोनी आपा ने अपनी बहन को नज़रअंदाज़ कर दिया और चुपचाप योग करते हुए सामने रखी हुई प्लेट से पपीते के टुकड़े उठा

उठाकर खाती रहीं जबकि सामने बैठे गुरुजी बेचारगी की निगाहों से देखते रहे।

इसके बाद बिन्नी ने ज़ोर दिया कि कुछ आसन किए जाएं जिनको उन्होंने एक किताब तंत्र क्रिया और योग में पढ़ा था और ये किताब उन्होंने अपने इस योग क्लास के शुरू होने से एक हफ्ते पहले ही खरीदी थी।

उन्होंने शलभ आसन करने की कोशिश की जिसमें कायदे से उनको लेटना था और बारी बारी से अपने पैर और पेट को उठाना था, लेकिन उन्होंने इसमें भी थोड़ी तब्दीली अपने हिसाब से कर दी और अब आनंद जी को अपने पैर को पचास बार उठाने को कह दिया।

इसके बाद वो धीरे से खुद पलट गईं और पवनमुक्तासन करने की कोशिश करने लगीं जो कि एक तरह से कहा जाए तो पेट की गैस को बाहर निकालने वाली स्थिति थी और उनकी लगभग असाध्य हो चुकी कब्ज़ की परेशानी को दूर करने का काम करता। योग गुरु ने पहले तो उनकी मुड़ी हुई दाहिनी टांग को उनके पेट से सटा दिया और फिर बाईं को भी पेट से चिपका दिया, ये वो स्थिति थी जिसमें उनकी आंतों पर ज़ोर पड़ता।

इसके बाद तो आनंद जी योग की स्थितियों के हिसाब से बिन्नी के शरीर के पोज़ को ठीक करने की कोशिश में पसीना-पसीना हो

गए। उनका सफ़ेद खादी का कुर्ता बाएं कंधे से खिसकते हुए पीछे की तरफ़ गिरा जा रहा था और बाल बिखकर कर माथे पर आ गए थे। लंबे-चौड़े गुजराती योग गुरु की अब सांस फूलने लगी थी और वो अपना चेहरा रुमाल से पोंछ रहे थे।

योग गुरु की सांस उखड़ते देखकर बिन्नी लगभग गुर्राते हुए बोलीं, 'नोनी आपा ये तो हमें समझाते हैं कि योग करते समय सांस सिर्फ़ नाक से लेनी चाहिए और खुद को मुंह फाड़कर हांफ रहे हैं, कुत्तों की तरह। पहले आनंद जी आप खुद सीखिए और उसके बाद हम लोगों को सिखाइए।'

और फिर क्लास के अंत में दोनों बहनों ने योग के दौरान ओम का उच्चारण करने से मना कर दिया। ओम के उच्चारण का मकसद होता है कि दिमाग में वैक्यूम जैसी स्थिति पैदा करना ताकि सारे बुरे विचार शरीर से बाहर निकल जाएं। लेकिन बिन्नी ने तुरंत कहा, 'हम लोग लस्सी पीने वाले हिंदू नहीं है, समझे आप।' हालांकि आनंद जी ने इस पर रास्ता निकाल लिया कि दोनों बहनें अपनी आंखें बंद करते सिर्फ़ आवाज़ निकालें जैसे कि उनके मुंह में मधुमक्खी बंद हो।

जब आनंद जी चले गए तो तुरंत ही दोनों बहनें उनके बारे में बातें करने लगीं। बिन्नी बोली, 'ये ठीक सा ही था कोई बहुत खास नहीं था। हुस्ना बेन ने तो जब इससे सीखने के लिए कहा था तो ऐसे

तारीफ़ की थी जैसे कि ये खुद ही पतंजलि हो।' इस पर नोनी आपा बोलीं, 'वैसे मुझे तो अच्छा लग रहा है बिन्नी, मेरी सारी मांसपेशियां खिंच गईं जैसे कि किसी आटे को गूंथकर चपाती बना दी गई हो।' नोनी आपा इसके बाद फिर से अपनी उसी पुरानी फिएट में सवार हो गईं और बड़ी सावधानी से ब्रेक पर पैर जमा लिए और धीरे-धीरे घर की ओर गाड़ी बढ़ा दी।

जुहू की अपनी चौथी मंज़िल के अपार्टमेंट में वो लिफ्ट से पहुंचीं और दरवाज़ा खोलकर इस छोटे-से मकान में दाखिल हुईं। वो फ्रेश हुईं, अपने रोलर उतारे और अब तक सिमटे से नज़र आ रहे अपने बालों को खोल दिया जिससे वो फूलकर सिर के आस-पास फैल गए, थोड़ी सी लिपस्टिक लगाई, एक ग्रे साड़ी पहनी और गले में मोतियों की एक माला डाल ली। उन्होंने एक व्हिस्की की बोतल खोलकर दो शानदार ग्लासों में व्हिस्की उड़ेल दी और बर्फ के टुकड़े ऊपर तक भर दिए।

नोनी आपा खिड़की के किनारे बैठ गईं और सड़क के उस पार लगे लंबे से गुलमोहर के पेड़ को देखने लगीं जिसकी शाखों पर लाल फूल लदे हुए थे और हवा के झोंके चलने पर ऐसा लगता था कि आग उड़ रही हो।

उन्होंने अपने बिखरे और बदहाल कमरे पर नज़र डाली जिसका

प्लास्टर उखड़ रहा था और जो हमेशा ही बारिश में पानी टपकाता था। उन्होंने उस वक्त को याद किया जब वो इस घर में एक नई नवेली दुल्हन के तौर पर आई थीं। कितनी खुशी के दिन थे वो जब फरहान उनसे विदेश से मंगाई हुई शिफॉन की साड़ी और यही वाला नेकलेस उसे पहनने की ज़िद करते थे, जो आज उनके गले में है। वो हमेशा चाहते थे कि मैं कोर्ट शूज़ पहनूं न कि वो कोल्हापुरी चप्पल जो दूसरी औरतें पहनती थीं। शामें हमेशा बालकनी में खुले आसमान के नीचे बेंत की कुर्सियों पर गुज़रती थीं और साथ में होती थी ब्लैक लेबल व्हिस्की की बोतल और आइस बकेट जहां उन्होंने धीरे-धीरे व्हिस्की का स्वाद लेना सीखा था जिसे फरहान स्कॉच ऑन द रॉक्स कहते थे। उनकी बेटी मल्लिका बालकनी के एक सिरे पर परिंदों के लिए एक टोकरी लटका देती थी और उसमें कई किस्म के अनाज और पानी रखती थी, उन परिंदों के लिए जो सामने सड़क किनारे लगे पेड़ों की कतार में आकर बैठा करते थे।

आज वो फरहान के लिए ही सजी थीं, अगर वो ज़िंदा होते तो आज शायद उनकी शादी की अड़तालीसवीं सालगिरह होती। उन्होंने सामने लगी अपनी पति की ब्लैक एंड व्हाइट तस्वीर पर नज़र डाली जिसमें वो शर्मीली मुस्कान लिए मौजूद थे और उनकी खुरदरी नाक नज़र आ रही थी। आपा ने दूसरा ग्लास इसके सामने रैक पर रख दिया।

उस ग्लास के साथ अपना ग्लास टकराकर आपा ने अपने मरहूम पति को शादी की वर्षगांठ की बधाई दी, चाहें वो जहां मौजूद हों और जिस रूप में मौजूद हों। हालांकि उनके पति का छह फुट लंबा शरीर सांताक्रुज़ के गैलेक्सी थिएटर के पीछे बने विशाल कब्रिस्तान में ज़मीन के छह फुट नीचे दफन था।

नोनी आपा बालकनी में गईं और एक कुर्सी पर बैठ गईं। उन्होंने धीरे-धीरे सामने गुलमोहर के पेड़ की ओर देखते हुए अपने ड्रिंक के घूंट भरे, वो पेड़ जो हरे और लाल रंग से भरा था इस शाम के लम्हे में स्याह हो गया था, क्योंकि इसे रोशन करने वाला सूरज अब किसी और इलाक़े में उजाला भरने के लिए निकल गया था।

~

अगले कुछ दिन बड़ी तेज़ी से निकल गए क्योंकि नोनी आपा आजकल मुस्कान में ज़्यादा वक्त बिता रही थीं। बच्चे अपने सालाना नाटक के लिए तैयारी कर रहे थे जो सितंबर के पहले हफ्ते में होना था। तमाम बच्चों के कपड़े सिले जाने थे, सात साल के एक बच्चे को मनाने में सभी लगे थे जिसकी एक ही ज़िद थी कि जिस गाय की एक्टिंग वो नाटक में कर रही है उसे म्हा की बजाय म्याऊं की आवाज़ निकालनी चाहिए और फिर सब्ज़ियों को सजाने का काम भी था जो कि मंच के पीछे लगाई जानी थी और जिसकी तैयारी में

नोनी आपा ने अपने लिनेन के दुपट्टे पर ढेर सारा सफेट पेंट गिरा लिया था। और जब तक कि वो कुछ समझ पातीं फिर से गुरुवार आ गया और वो फिर से बिन्नी के घर अपनी दूसरी योगा क्लास के लिए निकल पड़ीं।

घर खाली पड़ा था और सिर्फ़ भोंदू ही वहां मौजूद था जिसने ख़बर दी कि बिन्नी मेमसाब शमीम दीदी के साथ बाज़ार गई हैं।

'लेकिन फिर योगा क्लास का क्या हुआ', नोनी आपा ने पूछा।

'मेरे ख्याल से क्लास तो होगी क्योंकि उन्होंने जाने से पहले मुझसे कहा था कि मैं बगीचे में तीन तौलियां बिछा दूं। मैं आपके लिए कुछ लाऊं आपा'।

आधे घंटे तक इंतज़ार करने और दो बिस्किट खा लेने के बाद जब बिन्नी के आने के कोई आसार नहीं दिखे तो आपा वहां से निकलने के लिए तैयार हुईं कि तभी उन्हें गेट की तरफ़ रिक्शे में सवार होकर आते हुए गुरुजी यानी आनंद जी दिखे।

आनंद जी ने नोनी आपा पर नज़र डाली जो कि बड़े आराम से मेज़ पर बैठी थीं। उनके बाल आज भूरे थे, गुलाबी लिपस्टिक लगी थी, उन्होंने सफेद सलवार कमीज़ पहनी थी जिसपर नीले फूलों की कढ़ाई थी। आज वो उस महिला से बिल्कुल अलग लग रही थीं जिसे आनंद जी ने पिछली क्लास में देखा था जिसके बालों में रोलर लगा था और

उसको ढकने के लिए गुलाबी जाली जैसे किसी ने कांटेदार साही को उसमें बंद किया हो।

नोनी आपा ने तुरंत योग गुरु को समझाने की कोशिश की, 'शायद आज हमें क्लास रद्द कर देनी चाहिए। बिन्नी घर पर नहीं है, हालांकि आनंद जी आपको इस क्लास के पैसे पूरे लेने चाहिए क्योंकि आखिर आप तो इतनी दूर आए हैं ना'। लेकिन आनंद जी मुस्कराते हुए बोले, 'मिसेज़ माछीवाला आप तो यहां पर हैं। चलिए शुरू करते हैं और फिर मिसेज श्रॉफ जब आएंगी तो वो भी हमारे साथ शामिल हो जाएंगीशायद।'

उन्होंने अपना धारीदार कपड़ों वाला बैग बाईं ओर रखी हुई छोटी ग्लास टेबल पर रख दिया और आपा के सामने पालथी मारकर बैठ गए।

इसके बाद उन्होंने हर जोड़ की स्ट्रेचिंग शुरू कर दी और सबसे पहले एड़ी से शुरुआत की। नोनी आपा ने भी वही दोहराया लेकिन इसी बीच उनके कूल्हों में तेज़ दर्द उठा हालांकि बाद में वो ख़त्म हो गया। इसके बाद उन लोगों ने कुछ सांस के व्यायाम किए और फिर अंत में आनंद जी ने आप से आंखें बंद करके लेट जाने को कहा और बोले, 'अब हम लोग योग निद्रा का अभ्यास शुरू करेंगे। अपने आप को बिल्कुल शांत रखिए। अपनी आंखों के अंदर के अंधेरे को

देखिए, इसे चिदाकाश कहते हैं। अब मैं जो भी शब्द बोलूंगा उस शब्द की तस्वीर अपने चिदाकाश में देखने की कोशिश करिए।'

उगता हुआ सूरज, एक सफेद कमल, एक बादल भरा आसमान, पूरा चांद, आनंद जी ऐसे ही एक के बाद एक शब्द बोलते गए और अंत में उन्होंने आपा से कहा कि वो अपनी हथेलियों को कसकर रगड़ें और अपनी आंखों पर रखें और उठकर बैठ जाएं।

नोनी आपा हिली भी नहीं, लिहाजा आनंद जी ने अपने सारे निर्देश दोबारा दोहराए। उन्होंने गौर से आपा को देखा और सोचा कि शायद वो सो गई हैं। वो झुके और आपा को जगाने के लिए उनके चेहरे के सामने तेज़ ताली बजाई।

नोनी आपा ने अब अपनी आंखें खोलीं और जब आनंद जी ने उनसे पूछा कि क्या वो सो गई थीं तो वो उनकी ओर सिर्फ़ अचरज भरी निगाहों से देखती रहीं। कई मिनट बाद दोनों को एहसास हुआ कि जब नोनी आप उस मुद्रा में लेटी थीं तो उनकी सुनने की मशीन कान से गिर गई थी और उन्होंने आखिरी शब्द सिर्फ़ यही सुने थे कि अपना दिमाग शांत रखने की कोशिश करें और आंखें बंद कर लें।

'बताइए इतनी देर तक मैं तौलिए पर बिल्कुल शांत लेटी रही ये सोचते हुए कि ये तो बड़ा ही कठिन काम है। हाए अल्लाह, ये दिमाग भी ना कितनी अजीब चीज़ है, जैसे ही कोई आपसे कहता

है कि दिमाग की स्लेट एकदम साफ़ रखिए वैसे ही सफेद चॉक से न जाने कितनी लाइनें बनने लगती हैं, हर लाइन एक दूसरे में समाती हुई भंवरजाल बना देती है,' आपा अपने कान में मशीन लगाते हुए हंसकर बोलीं और इसके साथ ही उन्होंने अपनी मशीन को एक छोटे डायल के सहारे सही आवाज़ पर सेट किया।

इसके बाद वो लोग योग और ध्यान की बातें करने लगे और आनंद जी समझाते रहे, योग का काम ही यही है कि दिमाग में चल रही हलचल को शांत कर दे। नोनी आपा कुछ दूर मौजूद लोहे की कुर्सी पर जाकर पसर गईं, उन्हें थोड़ी थकान-सी लग रही थी। आपा को लो ब्लड प्रेशर की शिकायत थी और अब उन्हें एक कप चाय चाहिए थी। उन्हें ये तो पता नहीं था कि ये दूध का कमाल था या शक्कर का लेकिन चाय का नुस्खा हमेशा काम कर जाता था।

उन्होंने भोंदू को आवाज़ लगाई लेकिन हैरानी की बात ये थी कि दरवाज़े से दूसरा नौकर टीटो निकलकर आया। आपा बोलीं, 'अरे टीटो, तुम वापस आ गए, अभी कैसा लग रहा है तुम्हें।' टीटो इस परिवार के साथ लगभग चौबीस सालों से था और हाल ही में हाथ-पैरों में दर्द की शिकायत के बाद गांव लौट गया था। टीटो ने तुरंत जवाब दिया, 'मैं बिल्कुल फर्स्ट क्लास हूं आपा। अब मैं बिल्कुल ठीक हूं।'

'अल्लाह का शुक्र है, नोनी आपा ने कहा और फिर उससे इलाज के बारे में पूछने लगीं। उसने बताया, 'मैं अपने गांव में एक बाबा के पास गया था आपा। उसने कुछ मंत्र फूंके और फिर मुझे अपने झाड़ू से कई बार मारा। बस पांच मिनट में ही मेरा दर्द छू मंतर हो गया।'

नोनी आपा ने हैरानी में अपना सिर हिलाया और उससे कुछ चाय और हल्का नाश्ता लाने के लिए कहा। तुरंत ही उन्होंने मेहमाननवाज़ी दिखाते हुए आनंद जी से सामने की सफेद कुर्सी पर बैठने की गुज़ारिश की और बोलीं, 'मैं बिन्नी को बोलने जा रही हूं कि अगली बार वो बस कुछ गालियां बुदबुदाए और इसको वैक्यूम क्लीनर से दो चार हाथ लगा दे, बस मुझे पक्का यकीन है कि ये पिछली बार से भी जल्दी ठीक हो जाएगा।'

आनंद जी ने नोनी आपा की इस बात पर मुस्कराते हुए बोले, 'ये सब काम नहीं करेगा। वो इसलिए ठीक हुआ है क्योंकि उसकी बाबा और उसकी दुआओं पर आस्था है, ये सारा दिमाग का खेल है।'

एक चमकती हुई चांदी की ट्रे में टीटो फूलों की सजावट वाले कपों में चाय, खीरे और टमाटर के सैंडविच और सफेद कढ़ाई वाले नैपकिन रखकर ले आया। नोनी आपा ने जल्दी-जल्दी अपनी चाय पी, खीरे के सैंडविच ख़त्म करके कुर्ते से मुंह पोंछा और जब तक आनंद जी वहां से निकलने की तैयारी करते तब तक अपने ग्रे रंग

के हैंडबैग से ताश की एक गड्डी निकाल ली।

वो आनंद जी के जाने के बाद सॉलिटेयर खेलने की तैयारी में ताश के पत्ते मेज़ के एक सिरे पर बिछाने लगी। नोनी आपा ने सोचा कि वो अपनी बहन का इंतज़ार करेंगी और बिन्नी के साथ जल्दी ही डिनर कर लेंगी बजाए इसके कि वो वापस अपने खाली अपार्टमेंट में जाएं और पैरों पर खाने की प्लेट का संतुलन बनाते हुए और हाथों में जुहू के रद्दीवालों से खरीदी गई फेमिना रीडर्स डाइजेस्ट पढ़ते हुए खाना खाएं।

लेकिन उनको हैरानी तब हुई जब आनंद जी ने टेबल पर झुककर पत्ते देखते हुए पूछा, 'आप लिटिल स्पाइडर सॉलिटेयर खेलती हैं या फिर वो वाला जिसमें डेक से पत्ते फेंटे जाते हैं।' नोनी आपा बड़ी हैरानी से उनको देखने लगीं और पूछीं, 'क्या आपको सॉलिटेयर खेलना आता है।' आनंद जी ने मुस्कराते हुए सहमति में सिर हिलाया।

बृहन्मुंबई म्यूनिसिपल कॉरपोरेशन के गार्डन डिपार्टमेंट से रिटायर होने के बाद आनंद जी के लिए भी दिन भर घर पर वक्त काटना बेहद मुश्किल हो गया था। वो जो तीन योगा क्लास लेते थे, जिनमें से दो सुबह की होती थीं और एक शाम की, वही उनके लिए घर के माहौल से राहत दिलाने वाली जगह हुआ करती थी क्योंकि घर में एक तो बीवी की किच-किच चालू रहती थी और दूसरे उनके रिश्तेदार दिनभर

कभी इधर तो कभी उधर घूमते रहते थे और उनके कमरे में तो ऐसे आते-जाते रहते थे जैसे वो किसी होटल का गेट हो। उस पर उनके दो ल्हासा एप्सोस गुलाब और जामुन इस हंगामे को और बढ़ा देते थे।

खुद आनंद जी के लिए भी अपने घर में सुकून पाने का एक ही तरीका था कि उनके कानों में हेडफोन लगा हो और उनके वॉकमैन पर भारतीय शास्त्रीय संगीत बज रहा हो और सामने बेडशीट पर सॉलिटेयर का गेम बिछा हुआ हो।

'क्या आप रमी खेलते हैं?' नोनी आपा ने पूछा। जैसे नोनी आपा अपने सन्नाटे वाले घर में जल्दी नहीं लौटना चाहती थीं वैसे ही आनंद जी भी अपने हंगामेदार घर से कुछ देर बाहर ही रहना चाहते थे, लिहाजा उन्होंने तुरंत सिर हिला दिया।

नोनी आपा ने तुरंत टेबल पर रखी ताश की आधी गड्डी फेंटी और तेरह-तेरह कार्ड बिछा दिया।

नारियल के पेड़ों के बीच बने खूब हरियाली वाले उस बगीचे में डूबते सूरज की बिखरती किरणों के बीच वो चुपचाप एक के बाद एक गेम खेलते रहे।

'*तू करो कैयाती,* आप क्या कर रही हैं आपा?' थोड़ी नाक से निकलती हुई आवाज़ हवा में गूंजी। बिन्नी लौट आई थी और उसके हाथ में सहकारी भंडार के सामने की साड़ी की दुकान कला निकेतन

के दो बैग थे ।

नोनी आपा ने अपने दाहिनी हाथ में पकड़े हुए करीने से सजे ताश के पत्तों से निगाह हटाई और बोली, 'मैं चाय की पत्तियां पढ़ रही हूं और आनंद जी को उनका भविष्य बता रही हूं। तुम्हें क्या लगता है बिन्नी, तुम रमी खेलना चाहोगी? हमारे साथ एक राउंड हो जाए। वैसे ये बताओ इतनी देर तक तुम थीं कहां और आज तो तुमने क्लास भी नहीं की।'

बिन्नी टहलते हुए मेज के पास गई और अपनी बहन को आंखे तरेरने लगी, हालांकि उसने आनंद जी से माफी मांगी जो उसके आते ही खड़े हो गए और बोले, 'नमस्ते, मिसेज श्रॉफ।' बिन्नी ने तुरंत ही एक कुत्ते, एक सायकिल सवार और शमीम का लंबा चौड़ा किस्सा सुना डाला हालांकि इनमें से किसी की कहानी का उनकी खरीददारी से कोई लेना-देना नहीं था।

आनंद जी ने बीच में बोलते हुए गुज़ारिश की, 'प्लीज़ मेरे घर पर फोन कर दें कि कहीं क्लास के समय में कोई तब्दीली तो नहीं हुई है।' और फिर जब नोनी आपा ने बिन्नी और उन्हें एक राउंड रमी और खेलने के लिए राज़ी कर लिया तो उन्होंने जल्दी से अपना गेम ख़त्म किया और निकलने के लिए उठ खड़े हुए। उठने से पहले उन्होंने कहा, 'शुभ रात्रि और हां आप लोग सोमवार की अगली

क्लास से पहले अब तक के सिखाए हुए आसनों का अच्छी तरह अभ्यास करना मत भूलिएगा।'

दोनों औरतें डिनर टेबल पर बैठकर कीमा पैटीज़ खाने लगीं। बिन्नी के लिए इसके साथ में अरहर की बिना नमक वाली दाल थी क्योंकि अपनी बहन के उलट उसे हाई ब्लड प्रेशर की समस्या थी और सामान्य दाल नोनी आपा के लिए, साथ में था चावल और घर का बना हुआ आम का अचार।

नोनी आपा ने भोंदू से कुछ प्याज़ काटकर और उस पर नींबू और लाल मिर्च छिड़ककर लाने के लिए कहा और खाते हुए बोली, 'तुम आज मटन खा रही हो, इसलिए ध्यान से अपना कायम चूर्ण आज रात खाना मत भूलना वरना तुम कई दिन तक बाथरूम नहीं जाओगी और फिर तुम बहुत चिड़चिड़ी हो जाती हो।'

बिन्नी ने तुरंत सिर हिलाया लेकिन नोनी आपा की नसीहतें चालू रहीं, 'और फिर आज तुमने आनंद जी की क्लास क्यों छोड़ दी? हालांकि किसी भी चीज़ से तुम्हारा मन ऊबने में पांच सेशन तो लगते ही हैं। तुम ठीक से योगा करो बिन्नी। आनंद जी कह रहे थे कि इससे तुम्हारी पेट की सारी दिक्कत, ब्लड प्रेशर और बाकी सारी चीज़ें भी कंट्रोल में आ जाएंगी।'

'तुम उस नौजवान आनंद जी से बड़ी प्रभावित लग रही हो,

आनंद्र जी ने ये कहा, आनंद जी ने वो कहा और फिर तुम तो उसके साथ ताश भी खेल रही थी,' बिन्नी ने चिढ़ाते हुए कहा।

नोनी आपा ने अपना सिर हिलाते हुए कहा, 'क्या बकवास निकल रही है तुम्हारे मुंह से बिन्नी, सबसे पहली बात तो वो तिरसठ साल का है लिहाजा कहीं से वो नौजवान तो बिल्कुल नही हैं और फिर...'

इसी बीच बिन्नी ने टोक दिया, 'लेकिन तुमसे तो छोटा ही है ना आपा। और तुमने कुछ दिन पहले मुझे उस डेंटिस्ट के बारे में क्या कहा था, रुको...ज़रा मुझे याद तो करने दो। हां और तुम आपा...तुम तो खुद ही अल्लाह मियां से बस दो साल छोटी हो...तो फिर तुम तो अपनी तुलना करो मत, वो वाकई नौजवान हुआ।' लेकिन जैसे ही उसने पूरी बातचीत पर आपा को खामोश सा देखा तो फिर अचानक हंस पड़ी और बोली, 'अब क्या हुआ, तुम तो कुछ बोल ही नहीं रही हो।'

नोनी आपा ने बड़े प्यार से अपनी बहन की ओर देखा, उनके चेहरे के कोने पर हल्की मुस्कान तैर रही थी। ये छुटकी बिन्नी भी ना, ये हमेशा से ऐसी ही रही है, ढीठ, बेशर्म, आशिक मिजाज़ और हमेशा अपनी संजीदा रहने वाली बड़ी बहन को छेड़ने वाली, दर्जनों लड़कों के साथ उसका रिश्ता जोड़ने वाली जो जवानी के दिनों में जमातखाने आया करते थे। एक बार तो बेचारे पीर साहब के साथ भी उसने बड़ी बहन का रिश्ता जोड़ दिया था जिनकी दाढ़ी भी

सफ़ेद हो चुकी थी।

उन दोनों की ज़िंदगी में अब एक दूसरे की टांग खिंचाई, चुहलबाज़ी, छेड़छाड़ और मस्ती से भरी हुई थी जिस पर अब तक के हादसों, मौतों और उम्र के चलते बूढ़ी हो चुकी हड्डियों का कोई फर्क नहीं पड़ा था। जब वो अपनी किताब में दुआएं लिखती थीं तो वो हर बार खुद से ज़्यादा बिन्नी की लंबी ज़िंदगी के लिए दुआ करती थीं क्योंकि अगर उनकी बहन साथ नहीं होगी तो उनकी इस वीरान रेगिस्तान ज़िंदगी में हंसी-ठहाकों का कोई हरा-भरा इलाका नहीं बचेगा।

~

नवंबर के बाद जब दिसंबर आया और अचानक से ठंड काफ़ी ज़्यादा पड़ने लगी और हर तरफ़ बाज़ार में शॉल और स्वेटर की भरमार हो गई, तब तक बिन्नी और नोनी आपा का अपने योग गुरु आनंद जी के साथ रूटीन सेट हो गया था। आनंद जी हर सोमवार और गुरुवार को नियम से शाम साढ़े चार बजे पहुंच जाते था, हालांकि बिन्नी हर क्लास में आधे वक्त गायब ही रहती थी और हर दूसरी क्लास में तो योग छोड़ देने की धमकी दिया करती थी।

लेकिन इसके बाद नोनी आपा उसे मना लेती थी, पहले तुम ये वाली क्लास ठीक से कर लो बिन्नी, तब हमें बाकी के बारे में बात

करेंगे। वो सब एक घंटे की योग की क्लास ख़त्म करते और फिर शीशे की मेज़ के पास बैठकर आनंद जी और नोनी आपा रमी के अनगिनत राउंड खेलते रहते।

इसी दौरान कई बार नोनी आपा अपनी बहन के शराब के स्टॉक को भी हल्का कर देतीं। वो ज़ोर की आवाज़ लगातीं, 'अरे भोंदू, एक छोटा व्हिस्की का पैग और तीन बर्फ के टुकड़े डालकर लाना।' तो कभी-कभी वो भी आनंद जी की तरह ही फ्रेश लाइम सोडा से ही काम चला लेतीं।

वैसे बिन्नी को कार्ड खेलना काफ़ी बोरिंग काम लगता था लेकिन जब कभी उसका वीडियो कैसेट वाला बकरा किश्तों पे और बुड्ढा घर पर है जैसे पाकिस्तान सीरियलों के वीडियो कैसेट भेजने में देर कर देता तो वो भी एक दो राउंड खेल लेती थी।

आनंद जी थोड़ा जल्दी लगभग सात बजे के आसपास निकल जाते और नोनी आपा अपनी बहन के साथ जल्दी डिनर करने के लिए रुक जातीं और फिर अपनी खटारा कार में धीरे-धीरे ड्राइव करते हुए घर के लिए चल देतीं।

~

जनवरी के पहले हफ्ते में मल्लिका नोनी आपा से मिलने के लिए लंदन से आई। अपनी मां और मौसी के लिए वो सूटकेस में भरकर

ढेर सारा सामान लाई थी, चॉकलेट, इत्र, खिजाब और वो चीज़ भी जिसके लाए जाने की उम्मीद हर भारतीय औरत अपने एनआरआई रिश्तेदार से करती है यानी मार्क्स और स्पेंसर के अंडरगारमेंट्स।

बिन्नी बड़ी उत्सुकता के साथ इस विदेशी खज़ाने को देख रही थी और फिर बड़े ही नाटकीय तरीके से उसने ऐलान किया, 'ये ब्रिटिश लोग भी ना एकदम तीसरे दर्जे के लोग हैं, अगर कुछ उनके यहां ढंग का है तो समझ लो बस ये ब्रा। ये बालकोनी स्टाइल की मार्क्स एंड स्पेंसर ब्रा बहुत बढ़िया सपोर्ट देती है और बिल्कुल सही जगह फिट बैठती है और हर चीज़ को सेट करके एकदम बेसमेंट लेवल से तीसरी मंज़िल वाली ऊंचाई दे देती है।'

उस जुमे को बिन्नी ज़बरदस्ती मल्लिका को जमातखाने ले गई, इस उम्मीद में कि कोई अच्छा इस्मायली लड़का तो उसके कदमों पर बिछ ही जाएगा। कार में बिन्नी ने फिर से अपने अंदाज़ में मस्ती शुरू कर दी, 'मल्ला, तुम्हें पता है कि जब तुम्हारे अब्बा गुज़र गए तो आपा ज़्यादा बूढ़ी नहीं हुई थीं, यही कोई पचास साल के आसपास की उम्र रही होगी। वो तो बढ़िया टाइट साड़ी पहनकर और गुलाबी लिपस्टिक लगाकर जमातखाने जाया करती थीं...।'

नोनी आपा ने बीच में ही टोका, 'तुम फिर शुरू हो गई बिन्नी, आखिर कितनी बार तुम ये कहानी सुनाओगी।'

बिन्नी ने हंसते हुए अपनी आपा के गुस्से को नज़रअंदाज़ कर दिया और बोली, 'अरे मुझे कहने तो दो जो मैं कहना चाहती हूं। हां तो फिर होता ये था कि जमातखाने में मौजूद सारे मर्द आपा की तरफ़ देखते रहते थे और कहते रहते थे, 'या अली मदद।' और जब फिर वो पूरी तरह से आपे से बाहर हो जाते थे तो फिर वो दूसरे तरीके से अपना काम...।'

मल्लिका मुंह दबाकर हंसने लगी और बोली, 'आपे से बाहर हो जाने का क्या मतलब हुआ बिन्नी मासी। फिर वो क्या करते थे, क्या वो अपनी पैंट में ही धब्बे बना देते थे।' ये सब सुनते-सुनते घबराती नोनी आपा एक ऑटोरिक्शे वाले को ठोकते-ठोकते बचीं जो अचानक कार के सामने आकर खड़ा हो गया था।

'छी...वैसा गंदा नहीं रे। वो तो शादी के पैगाम भेजने लगते थे बस और फिर उसके बाद तो तुम्हारी मम्मी हमेशा की तरह अपनी ज़िद पर अड़ी रहती, ''नहीं बिन्नी, मैं अपनी इमेज खराब नहीं करना चाहती।'' वो तो उनको पलट कर कभी सलाम भी नहीं करती थी, खिलखिलाते हुए बिन्नी ने कहा। लेकिन मुझे लगता है कि वक्त अब बदल चुका है, अब अगर तुम्हें सच में देखना है कि आपे से बाहर हो जाना क्या होता है मल्ला तो फिर तुम्हें अपनी मां को ही देखना चाहिए। आजकल तो वो अपने नए प्रेमी उस योग गुरु आनंद

पर बुरी तरह फिदा है।'

और फिर अपनी बहन के अंदाज़ में वैसे ही आवाज़ बनाते हुए बिन्नी बोली, 'आनंद जी आज एक पैग व्हिस्की पी लीजिए देखिए मौसम कितना अच्छा है। ऐसे बोल-बोल के उस बेचारे शाकाहारी गुजराती को तो पूरा बेवड़ा बना दिया है इसने और वो भी मेरी व्हिस्की पिला-पिलाकर।'

मल्लिका चहकते हुए बोली, 'मॉम, तुमने मुझे ये सब बताया नहीं।' नोनी आपा ने, जिनके जी में आ रहा था कि अपनी बहन का गला ही दबा दें, जवाब दिया, 'या अल्लाह, ऐसा कुछ नहीं है। हां ये सच है कि मैंने उसे ड्रिंक की पेशकश की थी और अब आजकल ताश खेलते वक्त वो एक पैग पीने भी लगा है। तुम्हारी मौसी को ताश पसंद नहीं है तो मैं क्या करूं, अकेले खेलती रहूं क्या?'

ये सारी चुहलबाज़ी कार में चलती रही और चूंकि नोनी आपा कार चलाते वक्त अपनी सुनने की मशीन बंद नहीं कर सकती थीं लिहाजा उनको अपने परिवार की ये मस्ती झेलनी पड़ रही थी, हालांकि बार-बार वो अपनी आंखे तरेर कर और सिर हिलाकर अपनी नाराज़गी ज़ाहिर करती रहीं।

उस शाम जब मां और बेटी एक साथ अपने घर की बालकनी में बैठीं तो मल्लिका ने पूछा, 'मॉम क्या ये आनंद जी वाला किस्सा

सच है? तुम मुझे बता सकती हो, मुझे बुरा नहीं लगेगा। सच में बल्कि इससे मुझे सुकून मिलेगा। क्योंकि तुम यहां अकेले रहती हो तो मुझे चिंता होती है, कितनी बार मैंने तुमसे कहा है कि मेरे पास लंदन में आ जाओ, लेकिन तुम कभी सुनती ही नहीं हो।'

नोनी आपा ने इन्कार में सिर हिलाते हुए कहा, 'ऐसा कतई नहीं है, बिन्नी बकवास करती रहती है। ये भी क्या कोई उम्र है ब्वॉयफ्रेंड बनाने की, तुम्हीं बताओ। वो सिर्फ़ एक दोस्त है और अकेले बैठे रहने की बजाय अगर कोई साथ में बैठे तो अच्छा ही लगता है। उसे ताश खेलना पसंद है। कई बार वो गाता भी है क्योंकि उसे शास्त्रीय संगीत पसंद है या फिर वो अपने बीएमसी के गार्डन डिपार्टमेंट में बिताए गए दिनों के किस्से सुनाता है और फिर हम पेड़-पौधों की बातें करते हैं, पौधों की बीमारियों की, मिट्टी के कीड़ों की जो पेड़ों को तबाह कर देते हैं। ये सब काफ़ी दिलचस्प होता है।'

मल्लिका ने सीधे वही बात पकड़ी जिसने उसका ध्यान खींचा था, 'क्या वो तुम्हारे लिए गाता भी है? ये तो बड़ा ही रोमांटिक लगता है।' नोनी आपा हंसते हुए बोली, 'सच बताऊं मल्लिका, वो बहुत ही बुरा गाता है।'

उस रात मल्लिका के सो जाने के बाद काफ़ी देर तक नोनी आपा अपने बिस्तर पर करवटें बदलती रहीं। उनको अजीब सी बेचैनी हो

रही थी लेकिन वो समझ नहीं पा रही थीं कि ये क्या है। उनको बड़ा ही भारीपन महसूस हो रहा था जैसे कि कोई चीज़ उनके पेट में फंस गई है।

उन्होंने अपनी आंखें बंद कीं और ध्यान लगाने की एक योगक्रिया करने की कोशिश की जिसके बारे में आनंद जी का दावा था कि इससे अनिद्रा की बीमारी ख़त्म हो जाती है। नोनी आपा को अपने जेहन में उनकी आवाज़ साफ़ सुनाई दे रही थी, वो जिस्म के हर हिस्से को ढीला छोड़ देने और हर चक्र पर एक कमल रखा है ऐसा सोचने का आदेश दे रहे थे। लेकिन इस बार ध्यान लगाने से मिलने वाला सुख नोनी आपा से दूर था, उनके दिमाग में सैकड़ों चीज़ें चल रही थीं और कमल के फूलों की बजाय हर चक्र में उन्हें ध्यान योग में बैठे हुए आनंद जी नज़र आ रहे थे।

क्या हमेशा हंसता मुस्कराता नज़र आने वाला शालीन सा योग गुरु ही उनकी बेचैनी का सबब था। क्या उनके परिवार की इस छेड़छाड़ ने उनके उन जज़्बातों में तूफान उठा दिया था जिसे उन्होंने काफ़ी दिनों से अपने भीतर कहीं छुपा रखा था।

नोनी आपा ने अपने दिमाग में उठ रहे इन ख्यालों को एक जोर का झटका दिया और बिस्तर से उठ गईं। उन्हें अपना पेट कुछ फूला हुआ लगा और उन्हें लगा कि शायद पेट में सिर्फ़ हवा के अलावा और कुछ

नहीं है। उन्होंने थोड़ा पानी गर्म किया, उसमें अजवायन डाली जो कि अपच के लिए बरसों पुरानी दवा थी और ये उन्होंने अपनी मां से सीखा था। वो सोफे पर बैठकर धीरे-धीरे अजवायन के पानी के घूंट भरने लगीं और अपनी किताब में दुआएं लिखने लगीं। उन्हें अभी भी नींद का इंतज़ार था।

मल्लिका वापस लंदन जाकर फिर से अपनी ज़िंदगी में मसरूफ हो गई और नोनी आपा इस बार पहले से थोड़ी ज़्यादा अकेली महसूस करने लगीं, आखिर बेटी के जाने के बाद घर पहले से ज़्यादा खाली लग रहा था। उन्होंने और ज़्यादा वक्त आनंद जी के साथ बिताना शुरू कर दिया। वो दोनों उस शीशे की मेज़ के किनारे घंटे बैठे रहते, जब आसमान अंधेरे की काली चादर ओढ़ लेता और दोनों के हाथ में पकड़े हुए कार्ड भी नज़र आने बंद हो जाते तो उन्हें मेज़ पर रख देते और फिर आसमान में बिखरे तारों की तरफ़ देखते हुए हल्की रोशनी वाले उस बगीचे में एक दूसरे को कहानियां सुनाते रहते।

शुरुआती कहानियां बड़ी अजीब थीं। आनंद जी ने ऋषिकेश के अपने होस्टल का किस्सा सुनाया, 'जल्दी ही मुझे एहसास हुआ कि एक सीनियर छात्र स्वामी योगेश्वर जो कि मेरे गुरु भी बनाए गए थे, उनकी ज़्यादा दिलचस्पी मुझे किताब में लिखे आसनों की बजाए कुछ अजीबोगरीब आसन सिखाने की थी। मैंने अगली ही ट्रेन

पकड़ी और सीधे बंबई लौट आया। आखिरकार मैंने नासिक में अपना कोर्स पूरा किया।'

और नोनी आपा उन्हें उन शरारतों के किस्से सुनाया करतीं जो बिन्नी और उन्होंने मिलकर पुणे के अपने बोर्डिंग स्कूल में किए थे, 'हम हर बाथरूम की स्लैब के ऊपर चढ़ जाते थे और उसे अंदर से बंद कर लेते थे। जब दूसरी लड़किया आती थीं तो उन्हें लगता था कि ज़रूर कोई भूत यहां मौजूद है जो नहीं चाहता कि हम लोग टॉयलेट का इस्तेमाल करें।'

और फिर इसी तरह वक्त गुज़रता रहा, वो रात के काले आसमान के नीचे और ज़्यादा वक्त बिताने लगे, कहानियां भी थोड़ी स्याह हो चली थीं।

नोनी आपा ने उन्हें उस रात के बारे में बताया जब वो फरहान के साथ उसके किसी दोस्त की पार्टी में गई थीं और उन्होंने मेज़बान को उनके बारे में या कहें कि हर मुस्लिम के बारे में कुछ बोलते हुए सुन लिया था। 'मैं तो तुरंत वहां से आ जाना चाहती थी लेकिन फरहान ने ज़िद करके रोक लिया और फिर बिना कोई इशारा दिए एक दूसरे जोड़े के पास जाकर बातचीत करनी शुरू कर दी।

'मैंने वेटर को बुलाया आनंद जी और एक मिनट में ही दो पैग गटक डाले। फिर मैं बाहर गई, ड्राइवर को खोजा और बिना फरहान

को लिए ही घर लौट आई। वो एक घंटे के बाद वापस आया, हमेशा से ही वो थोड़ा गुस्से वाला था, और फिर आपको मैं बताऊं कि उसने मुझ पर चीखना शुरू कर दिया, तुम अपने आप को क्या समझती हो, तुम मुझे इस तरह से छोड़कर चली आई। और फिर पहली बार मैं भी उस पर चीख पड़ी, पहले ये बताओ कि तुम अपने आप को क्या समझते हो, मुझ पर ऐसे चीखने वाले तुम कौन होते हो।

'एक पल के लिए तो वो सन्न रह गया फिर उसने धीमी आवाज़ में कहा, तुम्हारे साथ क्या दिक्कत है नोनी। और फिर मैंने उसे बताया, मुझे बुरी तरह चढ़ी हुई है फरहान और आज मैं जो दिल में आए वो बोलूंगी। बस इसके बाद तो वो जैसे ऐसा टीवी बन गया जिसकी आवाज़ बंद कर दी गई हो, उसका मुंह बार-बार खुलता और बंद हो जाता लेकिन उसमें से आवाज़ नहीं आती।' इस किस्से को सुनाते हुए नोनी आपा ज़ोर से हंसी, क्योंकि अब वक्त ने उनकी शादीशुदा ज़िंदगी के सभी अच्छी और बुरी यादों को एक जैसा बना दिया था।

आनंद जी अपनी पत्नी के बारे में बात नहीं करते थे, एक बार बस उन्होंने नोनी आपा को बताया था कि कैसे वो कानून की गिरफ्त में आते-आते बचे। उनकी पत्नी ज्योत्सना ने एक बार गुस्से में उन पर बर्तन उठाकर दे मारे, वो तो झुककर बच गए लेकिन बर्तन खिड़की से नीचे चला गया और सीधे कंपाउंड में नीचे खेल रहे एक

बच्चे की बगल में जाकर गिरा।

बिल्डिंग के चेयरमैन डॉक्टर अग्रवाल ने शिकायत दर्ज कराने से पहले आनंद जी को अपना घर बुलाया और बोले, 'मिस्टर आनंद ये फ्लैट नंबर 501 की खिड़की से बाहर गिरने वाला पहला सामान नहीं है। कई बार ऐसी उड़न तश्तरियां आपके फ्लैट से निकली हैं और इस बार मैं सख्त कार्रवाई करने जा रहा हूं।'

आनंद जी को पुलिस स्टेशन जाना पड़ा, हालांकि केस जल्दी ही ख़त्म हो गया। लेकिन ये सब काफ़ी पहले की बात है। वक्त के साथ-साथ वो भी बदल गई है और अब वो ज्वालामुखी की जगह बस प्रेशर कुकर बनकर रह गई है। अभी भी उसको गुस्सा बहुत आता है लेकिन अचानक फट पड़ने की बजाए वो पहले फुफकारती है और फिर धीरे-धीरे भाप निकलती है, बिल्कुल प्रेशर कुकर की तरह।

~

अप्रैल में आनंद जी का जन्मदिन होता था। उस शाम आनंद जी के लिए केक काटे जाने की बात जब नोनी आपा ने कही तो बिन्नी ने अपनी बहन को छेड़ा, 'आखिर इनका जन्म अप्रैल महीने में किसी और दिन थोड़ी हो सकता था, इनके लिए तो मूर्ख दिवस ही चुना गया था।'

अपनी बहन की इस छेड़छाड़ से बेपरवाह नोनी आपा आनंद जी

के लिए इस दिन को खास बनाने के लिए पूरी तैयारी कर रही थी। उन्होंने मोंगिनीज़ बेकरी से केक, कुछ गुब्बारे और कुछ रिबन खरीदे। आपा ने आनंद जी के लिए एक छोटा सा गिफ्ट भी खरीदा जिसमें बड़े जतन से छह ऑडियो कैसेट रखे थे, इन कैसेट्स में मोहम्मद रफी और मुकेश के गाने थे जो आनंद जी के पसंदीदा गायक थे।

सारी तैयारी कर लेने के बाद वो ग्लोरी ब्यूटी सैलून जाकर अपने बाल सेट करा आई। हालांकि इस बार वो अपने बालों के रोलर पार्लर में खुद ही निकालकर आईं।

आनंद जी अहाते में सजी-धजी और चहकती नोनी और बिन्नी को अपना इंतज़ार करते देखकर हैरान रह गए। वो दोनों उन्हें डायनिंग रूम में ले गई जो गुब्बारों और रिबन से पूरी तरह सजा हुआ था और फिर बड़े उत्साह के साथ दोनों ने उनके लिए हैप्पी बर्थडे आनंद जी गाया और इस जश्न में भोंदू और टीटो ने भी उनका साथ दिया।

बाद में उस शाम बिन्नी तो दूरदर्शन पर एक कार्यक्रम देखने लगी और नोनी आपा और आनंद जी बगीचे में पेड़ों के नीचे अपनी पसंदीदा जगह पर जाकर बैठ गए।

नोनी आपा ने तारों भरे आसमान की ओर चेहरा करते हुए ओरयिन तारामंडल के दो सबसे चमकते सितारों रीगेल और बेटेलग्यूज की तरफ़ इशारा किया जो दूर किनारे की तरफ़ चमक रहे थे।

आनंद जी इस समय तारों की बजाए नोनी आपा की ओर ज़्यादा देख रहे थे, और उनके जेहन में इस शाम के जश्न की बात चल रही थी जो नोनी आपा ने उनके लिए रखा था। उनको अपने बदन में हल्की गरमाहट सी महसूस हुई जो कि उनके सीने से उठती हुई पूरे बदन में फैल रही थी हालांकि उन्होंने अपने हाथ में पकड़े व्हिस्की के गिलास का एक घूंट भी नहीं पीया था।

'मुझे नहीं पता था कि तुम्हें सितारे देखना पसंद है,' उन्होंने कहा।

नोनी आपा जैसे कुछ और न देख रही थीं न सोच रही थीं वो चुपचाप अपने जूड़े के बालों की एक लट को कान के पास लपेट रही थीं, हां अब्बा की वजह से। जब हम लोग छोटे थे तो वो बिन्नी और मुझे सारे सितारों, ग्रहों और तारामंडलों के बारे में बताया करते थे। ज़रा उस सितारे की तरफ़ देखो। मेरी आंखों तक पहुंचने के लिए उस सितारे की रोशनी को आठ सौ सालों का सफ़र करना पड़ता है। मैं कम से कम उसकी ओर देखकर इस लंबे सफ़र के एवज में उसे शुक्रिया तो कह सकती हूं।

आनंद जी ने मेज़ के सामने बैठी उस औरत की ओर गौर से देखा, उनकी निगाह में इक नरमी सी थी जो कह रही थी कि कुर्सी पर बेहद आरामदायक तरीके से अधलेटे बैठे हुए वो सहज नहीं रह पा रहे हैं। जब नोनी आपा ने उन्हें अपनी ओर देखते हुए पाया, तो

वो ज़रा-सा शरमा कर मुस्कराने लगी और बहुत ही हल्के ढंग से कंधों को झटक दिया।

मई में एक सुहानी शाम आनंद जी ने समंदर के किनारे ठंडी हवा में टहलने का प्रस्ताव रखा। आनंद जी अब इस गलतफहमी में बिल्कुल नहीं थे कि नोनी आपा सिर्फ़ उनकी छात्र भर थीं और आपा के लाख मना करने के बाद भी वो काफ़ी महीनों से उनसे फीस लेना बंद कर चुके थे। हालांकि अभी भी उनके रिश्ते का न तो कोई नाम था और न ही दोनों में से किसी ने उसे कुबूल किया था।

जब वो दोनों समंदर की नर्म रेत के करीब पहुंचे तो नोनी आपा ने अपनी चप्पलें उतार दीं और नंगे पैर लहरों के साथ-साथ चलने लगीं। लहरों के किनारे चलते हुए धीरे-धीरे उनकी चाल एकदम मंद पड़ गई, उनकी कमर जैसे जकड़ सी गई थी। एक खामोशी सी पसरी हुई थी। आखिरकार आनंद जी ने गला साफ़ करते हुए एक मशहूर गीत गुनगुनाकर इस खामोशी को तोड़ा। 'मैं पल दो पल का शायर हूं...' से शुरू होकर वो एक के बाद एक गीत गाते रहे, तब तक जब तक कि नोनी आपा खिलखिलाकर हंस नहीं पड़ी, 'क्या तुम पूरे हफ्ते की बिनाका गीतमाला सुना जाओगे,' उन्होंने हंसते हुए कहा।

तभी उन्हें अचानक अपनी कमर में तेज़ दर्द महसूस हुआ और वो दोनों रेत के किनारे बैठकर उस बीच पर मौजूद जोड़ों में शामिल

हो गए जो शाम के ढलते सूरज की रोशनी में गुम हो रहे थे, वहीं कुछ बच्चे भागते हुए लहरों की ओर जा रहे थे और उनकी मम्मियां उन्हें पकड़ने के लिए दौड़ रही थीं।

वो दोनों शांत बैठे हुए थे, लहरों की आवाज़ और रेत पर बच्चों के खेलते हुए खिलखिलाने की आवाज़ सुन रहे थे कि तभी आनंद जी ने (जो कि नोनी आपा को काफ़ी दिनों से मिसेज माछीवाला के नाम से पुकारना बंद कर चुके थे, हालांकि इसके बदले वो क्या नाम लें उन्हें अब तक नहीं सूझा था) पूछा, 'नोनी का क्या मतलब होता है, क्या ये कोई उर्दू लफ्ज़ है?'

नोनी आपा मुस्कराईं, 'नहीं। ये तो जब हम छोटे थे तो हमारे मम्मी-पापा हमें इस नाम से बुलाते थे जैसे कि नोनी, बिन्नी और फिर यही नाम सबकी ज़ुबान पर चढ़ गया। मेरा असली नाम नौरीन है लेकिन तुम नोनी आपा ही बुलाओ ना जैसे दूसरे लोग बुलाते हैं।'

आनंद जी नोनी आपा की ओर मुखातिब हुए, थोड़ी हिचक के साथ वो बोले, 'आपा का मतलब तो बड़ी बहन होता है नोनी, तुम मुझसे थोड़ी बड़ी ज़रूर हो लेकिन इसका मतलब ये तो नहीं है कि तुम मेरी बहन हो।' हालांकि इतनी-सी बात कहने में कई बार उनकी ज़ुबान लड़खड़ा गई। फिर वो बोले, 'कुछ दिनों से मेरे मन में एक बात थी जो मैं तुम्हें बताना चाहता था, हालांकि मुझे पता नहीं है कि

इसे कैसे कहना चाहिए और मुझे ये भी नहीं कि पता कि मुझे ये कहना भी चाहिए कि नहीं, आखिर मैं एक शादीशुदा आदमी हूं, लेकिन मैं...' बोलते-बोलते एक पल के लिए उनकी ज़ुबान रुक गई। उनके मन में हिचक और डर दोनों ही था। एक बार फिर हिम्मत जुटाकर उन्होंने कहना शुरू किया, 'हमारी जो उम्र है उसमें मैं ये तो नहीं कह सकता कि मेरा दिल तुम्हारे करीब आते ही उछलने लगता है लेकिन हां इसकी धड़कन बढ़ ज़रूर जाती है और मैं तुम्हारे साथ वक्त बिताना चाहता हूं ताकि मैं इस धड़कन को देर तक महसूस कर सकूं।'

नोनी आपा ने गीले होकर अपने पैरों से चिपक गई नीली सलवार को सीधा किया। उन्होंने अपनी एड़ी पर नज़र डाली जिसमें आर्थराइटिस से खिंचाव आ गया था और वो मुड़ सी गई थी, फिर वो बोलीं, 'अपने दिल की बात सुनने का वक्त काफ़ी पहले निकल चुका है आनंद जी और अब इस अहसास के साथ सिर्फ़ यही किया जा सकता है कि धीरे-धीरे इस पर काबू पा लिया जाए।'

बड़ी एहतियात के साथ वो खड़ी हुईं और फिर दोनों साथ-साथ चुपचाप वापस लौट आए।

अगले दिन नोनी आपा मुस्कान चली गईं और वहां पर दिनभर बच्चों के बीच एक कुर्सी पर बैठी रहीं। वो ज़ोर-ज़ोर से एक कहानी ब्राह्मण और तीन ठग पढ़ रही थीं और बीच-बीच में वहां रखे

कटआउट उठाकर बच्चों को कहानी समझाती जा रही थीं, लेकिन आज उनकी आवाज़ में पहले वाली बात नहीं थीं, वो सिर्फ़ कहानी पढ़ भर रही थीं।

उन्होंने महसूस किया कि वो आनंद जी के बारे में सोच रही थीं और शायद थोड़ा चिढ़ भी रही थीं कि आखिर जिस बात को महसूस किया जा सकता था उसे यूं खुलकर कहने की क्या ज़रूरत थी। आखिर लोग रिश्तों को नाम क्यूं देना चाहते हैं हर चीज़ को तय कर लेना चाहते हैं, वो थोड़ी हैरान भी थीं।

आनंद जी की बातों ने उस बंद दरवाज़े को खोल दिया था जिसके भीतर के एहसास को नोनी आपा दूसरों से और खुद अपने आप से भी छुपा रही थीं। ऐसे में उन्हें लगता था या फिर उन्हें उम्मीद-सी थी कि अब उन्होंने अपने जवाब से वो दरवाज़ा बंद कर दिया था, क्योंकि इस ख्याल से बाहर निकल जाना कि ये कोई बड़ी आदर्श दोस्ती जैसा रिश्ता था, वास्तव में इस पूरे संबंध को ही ख़त्म कर देना था।

आखिर वो एक गरिमामयी विधवा स्त्री थीं जिन्होंने सारी ज़िंदगी अपने दामन पर कोई दाग नहीं लगने दिया था। उनका सम्मान ऐसा था कि जब वो सड़कों पर गुज़रती थीं तो लोग उन्हें सलाम करते थे। वो नहीं चाहती थीं कि वही लोग उनके बारे में फुसफुसाकर बातें करें, उन पर हंसें कि देखो कैसे एक बूढ़ी औरत इस उम्र में एक

शादीशुदा मर्द के साथ इश्क़ फरमा रही है। क्या वो चाहती थीं कि लोग उन्हें इस तरह से याद करें? पूरी ज़िंदगी बड़ी मेहनत के साथ जो रुतबा और सम्मान हासिल किया उसे अंत में आकर यूं बर्बाद कर दें।

उन्हें अब उम्मीद थी कि आनंद जी को समझ में आ जाएगा कि इन बातों को यहीं ख़त्म कर दिया जाना ठीक होगा और फिर वो दोबारा इस मामले को नहीं उठाएंगे।

नोनी आपा ने कहानी की चार लाइनें और पढ़ीं और फिर एक बकरी का कटआउट उठाकर बच्चों को दिखाया और फिर अचानक उनकी आवाज़ जम सी गई, उनके पेट में एक तीखा चुभता हुआ दर्द उठा जैसे खंजर उनके पेट में घोंपा जा रहा हो। वो झुक गईं और उनके हाथ से कटआउट छूट गए और फिर अचानक दर्द जितनी तेज़ी से पैदा हुआ था उतनी ही तेज़ी से गायब भी हो गया।

वहां मौजूद एक और स्वयंसेविका आरती उनके लिए जल्दी से एक गिलास पानी लाई और नोनी आपा ने तुरंत पानी पीया और माथे पर आए पसीने को रूमाल से पोंछने लगीं। कुछ देर के लिए वो जैसे कुछ समझ नहीं पा रही थीं, आरती के पूछने पर उन्होंने बस इतना कहा, 'बिन्नी, मुझे लगता है कि ये स्प्राउट मुझे अब पचते नहीं हैं।' वास्तव में वो उस मूंग दाल के स्प्राउट का ज़िक्र कर रही थीं जो आज उन्होंने लंच में खाया था।

हालांकि नोनी आपा और आनंद जी ने उस दिन के बाद कभी धड़कते हुए दिल का ज़िक्र नहीं किया और अपनी-अपनी रूटीन ज़िंदगी में रम गए थे, लेकिन अगले हफ़्ते तो जैसे मुश्किलें उनका इंतज़ार कर रही थीं।

उस गुरुवार की शाम वो लोग अपना ताश का खेल जल्दी ही ख़त्म कर रहे थे, नोनी आपा कुछ अच्छा महसूस नहीं कर रही थीं और उन्होंने शीशे की मेज़ पर रखे सैंडविच को छुआ तक नहीं था। वो बोलीं, मेरा पेट आजकल ठीक नहीं रह रहा है आनंद जी मुझे बेचैनी-सी होती है। मुझे लगता है कि अब मुझे जाकर आराम करना चाहिए। इतना कहकर वो उठने लगीं और तभी एक ऑटोरिक्शा उनके घर के गेट के सामने आकर रुका और उहोंने देखा कि बाबूराम और एक मोटी-सी औरत आपस में तेज़ आवाज़ में बहस कर रहे थे, वो बात करते हुए गली में चले गए और उनकी आवाज़ साफ़ सुनाई नहीं दे सकी।

आनंद जी जिनकी पीठ गेट की तरफ़ थी, ये आवाज़ सुनकर पीछे मुड़े। वो भौंचक्के से थे और उठकर खड़े हो गए। उन्हें देखकर वो महिला चीखी, 'देखा, यही है वो, मैंने तुमसे पहले ही कहा था कि मेरा पति भीतर है। मुझे अंदर जाने दो, हरामी वरना मैं तुम्हें चप्पल से मारूंगी।'

उसने बाबूराम को धक्का दिया और सीधे आनंद जी के पास चली आई और फिर इससे पहले कि नोनी आपा कुछ समझ पातीं उस महिला का हट्टा-कट्टा हाथ घूमा और योग गुरु के चेहरे पर एक ज़ोरदार तमाचा पड़ा।

इसके बाद वो नोनी आपा की तरफ़ मुड़ी और आंखे तरेरते हुए चीखी, 'ये बुड्ढी तुम्हारी बांद्रा की सात बजे वाली क्लास है। यही कहते थे ना तुम, ''ज्योत्सना पाली हिल से रिक्शा मिलना बड़ा मुश्किल होता है अगर मैं गैरेज रोड से आता हूं तो बीस मिनट लगता है।''

'साला हरामी, इस उम्र में दूसरी औरत के साथ चक्कर चला रहा है,'' इतना कहकर वो नोनी आपा की ओर पलटी और शुरू हो गई, 'और तू, बुढ़िया, कुछ तो शर्म कर। अगर तुझे इतनी ही गर्मी थी तो किसी सड़क पर खड़ी होकर मर्द खोज लेती, मेरे पति को छोड़ दे।'

वो इसके बाद भी चीखती-चिल्लाती रही जब तक कि बिन्नी, भोंदू और टीटो दौड़ते हुए बगीचे में नहीं आ गए। इसके बाद वो भौंचक्के से खड़े आनंद जी को खींचते हुए गेट तक ले गई, एक ऑटो बुलाया और उसमें लगभग धकियाते हुए अपने पति को बैठा दिया।

~

आनंद जी के घर से गुरुवार की पूरी रात ज़ोरदार हंगामे की आवाज़ें आती रहीं और ये सिलसिला लंबा चला। एक बार फिर से घर की

तस्वीरों के फ्रेम टूटे और तस्वीरें तथा घर के दूसरे सामान मिसाइल की तरह घर की खिड़कियों से बाहर गिरते रहे।

फ्लैट नंबर 501 की खिड़की से इतने सामान बाहर फेंके जा रहे थे और ज़मीन पर गिरकर टूट रहे थे कि कई बार तो लगता था कि ये आनंद और ज्योत्सना जोशी के घर की बजाए कोई घरेलू उड़ान वाला एयरपोर्ट तो नहीं है। यहां तक कि पालतू कुत्ते गुलाब और जामुन भी आनंद जी की पत्नी के रौद्र रूप को देखकर सोफे के नीचे जा छिपे थे (वैसे उनको खरीदकर लाने का फैसला भी आनंद जी ने अपनी मर्ज़ी से नहीं लिया था बल्कि बीवी की फरमाइश पर उन्हें एक झटके में दोनों को ख़रीदना पड़ा था) और बीच-बीच मे घबराकर चीखते हुए अपनी मालकिन के सुर में सुर मिला रहे थे।

आनंद जी को पहले शायद पश्चाताप की भावना के चलते ख़ामोश थे, रविवार की दोपहर के बाद से थोड़ा गुस्सा दिखाने लगे थे शायद ज़िंदगी भर पत्नी की धमकियां झेलने से वो भी आजिज़ आ गए थे।

उन्होंने कभी नोनी का हाथ तक नहीं पकड़ा था और पिछले कई दिनों से उन्हें न जाने किस-किस तरह की बातें सुननी पड़ रही थीं। ज्योत्सना चीख-चीख कर उनके ऊपर एक से बढ़कर एक तोहमतें लगा रही थीं, 'तुम सारे मर्द कुत्ते होते हो, कोई अगर बिस्किट दिखा दे तो तुम लोग पूंछ हिलाते हुए उसके पीछे घूमने लगते हो। उसके

हाथ चाटने लगते हो, लेकिन पता नहीं तुमने उस गंदी बुढ़िया का क्या-क्या चाटा होगा।'

आनंद जी सफाई देते-देते थक चुके थे और ज्योत्सना एक के बाद एक कुत्तों की मिसाल देते हुए तरह-तरह की बातें सुना रही थी। एक बार फिर वो प्यारे से नन्हे कुत्ते की ओर इशारा करते हुए चीखी, 'आखिर तुममें और गुलाब में क्या अंतर है, वो भी हर जगह जामुन पर मुंह मारता की कोशिश में भटकता है, कभी सोफे पर तो कभी कपड़े की मशीन के पास तो कभी हाथी के उस स्टेचू के पास। उसी तरह तुम भी उस मुस्लिम बुढ़िया पर किस्मत आजमा रहे थे।' उसका चीखना जारी रहा, 'मैं तुम्हें चेतावनी दे रही हूं, अगर तुम उस गंदी औरत के पास भी फटके ना तो मैं इस घर को छोड़कर चली जाऊंगी और कभी वापस नहीं आऊंगी।'

आनंद जी ने ज्योत्सना की ओर देखा, उसके बाल बिखरे हुए थे और चेहरा गुस्से से ऐंठा हुआ था। उम्र के साथ उसके चेहरे पर हंसी-खुशी से बिताई गई ज़िंदगी के निशान दिखाती झुर्रियां नहीं थीं बल्कि चेहरे पर गहरी रेखाएं थी और भौंहों के ऊपर लगातार गुस्सा करने की वजह से दो सीधे रेखाएं बन गई थीं।

वो देख रहे थे कि बाईस साल की जिस ख़ूबसूरत लड़की से उन्होंने शादी की थी, उसके चेहरे का क्या हाल हो गया था। जब

उनकी शादी हुई थी तो ये शानदार जोड़ी लगती थी, उनका मज़हब, जात और हैसियत, सब कुछ एक थी। यहां तक कि उनकी कुंडली में भी सारे गुण मिलते थे, लेकिन साथ रहने के बाद उन्हें पता चला कि उनके बीच कितना अंतर था।

सालों का गुस्सा और अपमान भरते-भरते उनके अंदर पश्चाताप और क्रोध का पहाड़ बन चुका था। उन्होंने खुद से कहा कि कोई इंसान कान में हेडफोन लगाकर तो चाहे जितना संगीत सुनना चाहे सुन सकता है लेकिन अगर वो तेज़ आवाज़ में वही संगीत बजाने लगेगा तो उससे शांति में तो खलल पड़ेगा ही। भले ही नोनी को लेकर उनके मन में कोई भावना रही हो लेकिन आखिरकार उन दोनों के बीच कुछ था तो नहीं । इसके बाद वो इस मुद्दे पर सख्त रुख दिखाने के लिए मानसिक तौर पर तैयार हो गए।

आनंद जी ने पिछले पांच दशक से सिर झुकाकर हर बात सहने की आदत डाल ली थी और हमेशा बस हंगामे के ख़त्म हो जाने की दुआ करते रहते थे। ये पहले तो आसान था जब वो बीएमसी दफ्तर में काम करते थे और उनका बेटा उनके पास था जो कि शाम के वक्त में उनका जीना थोड़ा आसान कर देता था। और हालांकि उनका बेटा इस बात को नहीं कुबूल करेगा लेकिन आनंद जी ही जानते थे कि शैलेश को भी जितनी जल्दी मौका मिला वो इस

हंगामेदार माहौल से दूर चला गया, भले ही वो ऐसे बहाने बनाए कि 'बैंगलोर में ज़्यादा चांसेज़ हैं पापा।'

उन्होंने एक बार फिर अपने छोटे-से कमरे में बिखरे सामान पर नज़र डाली। उन्हें लग रहा था कि ये उनकी ज़िंदगी का अवशेष भर है। पहली बार ही जब उनकी पत्नी ने हावी होने की कोशिश की थी तो उन्हें साफ़ समझा देना चाहिए था कि वो उसकी इस तरीके की हरकतों को बर्दाश्त नहीं करेंगे। अगर ऐसा किया होता तो शायद ये नौबत ही नहीं आती।

उन्हें बीती हुई ज़िंदगी पर अफसोस हुआ और वो ये सोच कर घबरा उठे कि अब सारी ज़िंदगी उन्हें अपने कमरे में वॉकमैन और हेडफोन लगाए हुए अकेले सॉलिटेयर खेलना पड़ेगा और शायद तब तक ये सब चलता रहेगा जब तक कि उनकी ज़िंदगी ही ख़त्म नहीं हो जाती।

इसके बाद वो अपनी पत्नी की ओर मुखातिब हुए और ऐसी सख्त आवाज़ में बोले जो उनकी पत्नी ने पहले कभी नहीं सुनी थी। वो बोले, 'ज्योत्सना तुम घर में रहो तो अच्छा और अगर न रहो तो भी अच्छा। तुमने अब तक वही किया है जो तुम्हें अच्छा लगा है लेकिन अब मैं वो करूंगा जो मुझे अच्छा लगेगा।'

अपनी बीवी को भौंचक्का छोड़कर वो अपने कमरे में गए और

कमरा अंदर से बंद कर लिया।

हमेशा की तरह अपने पति की बातों को गीदड़भभकी समझने की आदत डाल चुकी ज्योत्सना ने कुछ चीज़ें एक छोटे बैग में डाली और अपने पति को ये धमकी देते हुए निकल गई कि 'कुछ ही दिनों में तुम रेंगते हुए मेरे पास आओगे।'

~

अगली दोपहर ठीक साढ़े चार बजे हमेशा की तरह आनंद जी सी ब्रीज बंगले पर पहुंच गए। उन्होंने फैसला किया था कि वो नोनी से आज बात करेंगे और रमी खेलते समय अपने सारे पत्ते सामने रख देंगे, वैसे ये बात पत्तों के साथ ही उनके दिल की बातों पर भी लागू होती थी।

उन्होंने धीरे-से बंगले का छोटा गेट खोला, बाबूराम कहीं नज़र नहीं आ रहा था, वो धीरे-से बगीचे की ओर बढ़ चले, उन्हें उम्मीद थी कि नोनी वहीं लोहे की कुर्सी पर बैठी होगी। लेकिन वो लॉन को वीरान पड़ा देखकर हैरान रह गए। वो घर के भीतर गए और भोंदू को आवाज़ लगाई, जो किचन से बाहर आकर बोला, 'अरे आनंद जी आप, मेमसाब नोनी आपा के साथ अस्पताल में हैं। आपा को अचानक से उल्टियां होने लगी थीं और वो कांप रही थीं। हमने तमाम कंबल उन पर डाले लेकिन उन्हें कोई फायदा नहीं हुआ। ये

तीन दिन पहले की बात है।'

आनंद जी का दिल अनहोनी की आशंका से दहल गया। उन्होंने जल्दी से भोंदू से अस्पताल के बारे में पूछा तो उसने बताया कि बिन्नी नोनी आपा को पारले के अस्पताल ले गई हैं।

नानावती काफ़ी बड़ा अस्पताल था, उसकी सफ़ेद ऊंची इमारत में पुरानी-सी लिफ्ट मौजूद थी और टूटी-फूटी लकड़ी की सीढ़ियां थीं। रिसेप्शन पर बैठे शख्स ने आनंद जी को पहले फ्लोर पर मरीज़ के होने की जानकारी दी लेकिन साथ ही बताना नहीं भूला कि मुलाक़ात का वक्त सिर्फ़ छह बजे तक का था।

वो तेज़ी से सीढ़ियां चढ़ते हुए वेटिंग एरिया में पहुंचे। उन्होंने बिन्नी को पहचान लिया जो अपनी दोस्त शमीम के साथ लोहे की कुर्सियों पर बैठी हुई थी। उसने एक सफ़ेद मुसलमानी दुपट्टा अपने सिर पर लपेटा था और उसकी कांपती उंगलियां हाथों में पकड़े गए तस्बीह के दानों पर घूम रही थीं।

जब आनंद जी ने नोनी के बारे में पूछा तो उसने उनका हाथ कसकर पकड़ लिया और कांपती आवाज़ में बोली, 'आनंद जी ये सब अचानक ही हो गया। डॉक्टर कह रहे हैं कि उसकी आंत में कुछ फंस गया था और फिर कुछ पेरी...प्रिटो जैसा कुछ हो गया है...' और ये कहने के बाद वो आगे कुछ नहीं बोल सकी और रोने लगी।

इसके बाद शमीम ने बताया कि उसे पेरिटोनाइटिस हो गया है और डॉक्टर कह रहे हैं कि उसकी आंत में घाव हो गया था जिसकी वजह से ऐसा हुआ।

आनंद जी ने पूछा, 'अब कैसी है वो।' बिन्नी ने सुबकते हुए बताया, 'वो अभी आईसीयू में है। डॉक्टरों ने सर्जरी तो कर दी है लेकिन अंदर काफ़ी संक्रमण हो गया है। डॉक्टर शाह अभी यहीं थे और वो बता रहे थे कि नोनी आपा पर एंटीबायोटिक का असर नहीं पड़ रहा है और उनकी नब्ज़ भी कमज़ोर पड़ रही है, खून में यूरिया और कीरोटीन भी काफ़ी बढ़ा हुआ है। उनकी किडनियां काम करना बंद कर रही हैं। ऊपरवाला इतना निर्दयी कैसे हो सकता है कि उन्हें मुझसे छीन ले। आनंद जी मेरी ज़िंदगी में उनके अलावा और कुछ नहीं है।'

आनंद जी लोहे की कुर्सी पर बैठ गए, उन्हें लगा कि जैसे अचानक ही किसी ने उन्हें पूरी तरह निचोड़ लिया हो, एक अजीब सी थकान ने उन्हें अपनी गिरफ़्त में ले लिया।

जब मुलाक़ात का वक्त ख़त्म हो गया तो आनंद जी ने बिन्नी को घर जाने और आराम करने की सलाह दी। उन्होंने कहा कि वो रात में रुक जाएंगे और कहा कि जैसे ही कोई ख़बर मिलेगी वो उनको तुरंत फोन करेंगे।

वो लोहे की उस कुर्सी पर उन तमाम दूसरे लोगों के साथ बैठ गए

जिनके अपने यहां आईसीयू में भर्ती थे। कुछ लोग अपने बैग को ही तकिया बनाकर लेते थे, कुछ लोग दुआएं कर रहे थे और कुछ सिर्फ़ आईसीयू के दरवाज़ों पर टकटकी बांधे देख रहे थे।

सुबह होते ही वेटिंग एरिया में हलचल बढ़ गई जब एक अधेड़ उम्र की औरत दहाड़ें मारकर रोने लगी क्योंकि उसके पिता गुज़र गए थे। आनंद जी ने अपनी आंखें मलीं, अकड़ी हुई गर्दन को थोड़ा हिलाया और फिर नोनी की हालत में बारे में पूछने के लिए नर्स के कमरे तक गए।

चश्मे वाली नर्स ने कहा, 'हालात में कोई तब्दीली नहीं है, डॉक्टर बाहर आ रहे हैं, तुम खुद ही पूछ लो।'

जब डॉक्टर शाह आईसीयू से बाहर आए तो उन्होंने आनंद जी को बताया कि नोनी आपा की हालत अभी भी नाज़ुक है। अब उन लोगों ने आपा को दूसरा एंटीबायोटिक दिया है लेकिन अगर इतने कोई असर नहीं दिखाया तो फिर जल्दी ही उनके ज़रूरी अंग काम करना बंद कर देंगे। आनंद जी एक बार नोनी को देखने के इरादे से आईसीयू में गए।

उन्होंने नोनी को बिस्तर पर लेटे हुए देखा जिसके किनारे एक रॉड से बांधकर आईवी फ्लूइड चढ़ाया जा रहा था, उनकी नाक में एक ट्यूब पड़ी थी जिससे उनके पेट में खाना पहुंचाया जा रहा था और

उनके सीने से इलेक्ट्रोड लगे थे जिनसे एक मॉनीटर के ज़रिए उनके दिल पर निगाह रखी जा रही थी। वो पास गए और हल्के से आपा के गालों को छुआ। हालांकि उनके दिल में ये करने का ख्याल कई बार आया था लेकिन कभी भी उन्होंने ये नहीं सोचा था कि ये ख्याल इस तरह से हक़ीक़त बनेगा।

बिन्नी कुछ घंटों के बाद अस्पताल आई और फिर आनंद जी फ्रेश होने के लिए चले गए। उन्होंने ख़ुद अपने लिए चाय बनाई और बिस्किट का एक पैकेट खोला हालांकि उनका खाने का दिल नहीं हुआ। वो बिस्तर पर लेट गए, अपनी आंखें बंद कर ली और एक घंटे तक सोने की कोशिश करने लगे, लेकिन उनकी आंखों के सामने अस्पताल में मुर्दा हालत में पड़ी नोनी का चेहरा घूम रहा था। काफ़ी देर तक करवटें बदलने के बाद वो अस्पताल लौट गए।

बिन्नी उन्हें वेटिंग रूम में ही मिल गई। ऐसा लग रहा था कि जैसे उसमें जान लौट आई हो। उसे खुशी के साथ ख़बर दी, ' आनंद जी अच्छी ख़बर है, नोनी आपा को होश आ गया है। आपको पता है मैंने मल्लिका को अब तक ख़बर नहीं दी थी लेकिन अब मैं शाम को उसके फोन करके सब बता दूंगी। ये बेवकूफ डॉक्टर कह रहे थे कि नोनी आपा की तो मौत लगभग हो ही चुकी थी लेकिन मेरी नोनी आपा बहुत मज़बूत हैं और अल्लाह के करम से वो फिर से

हमारे पास लौट आई हैं।'

नोनी आपा अस्पताल में पंद्रह दिनों तक भर्ती रहीं और फिर जब वो आईसीयू से बाहर आ गईं तो आनंद जी ने अपना सारा वक्त उन्हीं के साथ बिताया। वो उनके सामने बैठे रहे, हाथों में उनका हाथ थामे, और उनके लिए एक सनसनीखेज़ हिंदी उपन्यास की लाइनें ज़ोर-ज़ोर से पढ़ते रहे जिसे बिन्नी ख़रीदकर लाई थी।

जब आपा ने अस्पताल की गंध की शिकायत की और कहा कि उन्हें यहां छिड़के जाने वाले कीटनाशक की गंध से उल्टी जैसा महसूस होता है तो आनंद जी उनके लिए रोज़ बेला के ताज़े फूल लाते और उनके सिरहाने रख जाते।

जब नोनी आपा को अस्पताल से छुट्टी मिली तो वो उन्हें लेकर उनके फ्लैट तक गए। उन्होंने नोनी आपा का छोटा-सा सूटकेस उठाया, उनसे चाबी लेकर दरवाज़ा खोला और उस छोटे-से घर में दाखिल हुए जो अल्लाह के पास जा चुके फरहान और अल्लाह के पास जाते-जाते लौट आई नोनी का था।

आनंद जी हर शाम उनसे मिलने जाते, उनके साथ बालकनी में बैठते, उनके साथ चाय पीते और उनको साथ बैठाकर पीने के लिए संतरे का जूस या फिर दूध देते, क्योंकि हफ़्तों तक नोनी को ठोस खाना खाने की इजाज़त नहीं थी। जब बिन्नी नोनी आपा के छोटे

से फ्लैट में ढेर सारी मसालेदार ख़बरों का पिटारा खोलकर बैठ जाती तो आनंद जी नोनी के साथ बैठते, उनकी पीठ के पीछे तकिया लगा देते और उनके साथ रमी खेलते रहते।

नोनी आपा जिन्होंने अब तक समाज के हिसाब से ही ज़िंदगी का हर काम किया था, उन्हें भी एहसास होने लगा था कि वो सारे सलाम और या अली मदद की बातें जो लोग उनके गरिमामयी औरत होने की एवज में उनके सामने किया करते थे, उनका कोई मोल नहीं था, वो एक ऐसा नोट था जिनसे सिर्फ़ जनाज़े का कपड़ा ख़रीदा जा सकता था।

अस्पताल में ज़िंदगी और मौत की जंग झेलने के बाद वो इस नतीजे पर पहुंची थीं कि सिर्फ़ आनंद जी और बिन्नी ही थे जो उनके अपने लोग थे, ऐसे में दुनिया क्या सही समझती है और क्या गलत इसका उनके लिए अब कोई मायने नहीं था।

उन्हें उन बंदिशों से छुटकारा पाना था जिन्होंने हमेशा उन्हें बांधकर रखा क्योंकि वक्त बड़ी ही तेज़ी से उनके सारे बंधन खोल रहा था और हर गुज़रते दिन के साथ ज़मीन के करीब खींच रहा था, जिसके नीचे एक दिन उन्हें दफ़्न कर दिया जाना था।

इस बार नोनी थीं जिन्होंने अपने दिल की बात सामने रखी। एक शाम बालकनी में बैठे हुए उन्होंने कहा, 'क्या आपको याद है कि

उस दिन बीच पर आपने क्या कहा था आनंद जी। मैं वाकई बेवकूफ़ थी जिसने उस दिन आपकी बात सुनने के बाद आपको मना कर दिया था, मैं वाकई बेवकूफ़ थी कि मैं सारी ज़िंदगी दूसरों के बारे में सोचती रही कि वो क्या कहेंगे और मुझे किस नज़र देखेंगे।

'आनंद जी ज़िंदगी की धुंध में मैं मौत को बेहद करीब देख सकती हूं और मैं अपने दिल की आवाज़ सुनते हुए इस अंत तक पहुंचना चाहती हूं।' और फिर ये कहते हुए उन्होंने उनका हाथ पकड़ लिया और अपना सिर उनके कंधे पर रख दिया।

जल्दी ही आनंद जी अपना थोड़ा बहुत जो भी सामान था उसे लेकर नोनी आपा के घर आ गए। आपा ने भी उनके स्वागत में उबाऊ क्रीमी रंग की दीवारों को नीले रंग से पुतवा दिया था, पुराने दाग धब्बे ख़त्म करवा दिए थे और वो निशान मिटा दिया थे जो मल्लिका के पोस्टर चिपकाए जाने और तस्वीरें टांगे जाने की वजह से पड़ गए थे।

आनंद जी ने ज्योत्सना को क्लिफ्टन वाला फ्लैट दे दिया था और माहिम वाले फ्लैट का किराया भी उसी को दे दिया। ज्योत्सना ने बाद में भी मुश्किलें पैदा करने की बहुत कोशिश की, उसने अपने तमाम दोस्तों और रिश्तेदारों से दबाव डलवाया और यहां तक कि धमकी भी दे डाली ताकि वो वापस क्लिफ्टन आ जाएं।

लेकिन आनंद जी इस बार मज़बूती से खड़े रहे। उन्होंने आखिर शैलेश से कहा कि वो बैंगलोर से वापस आ जाए और अपनी मां से बात कर ले। शैलेश की पूरी ज़िंदगी ही अपने माता-पिता के बीच झगड़े को देखते हुए बीती थी, उसने अपनी मां को समझाया कि ऐसे लड़ते हुए ज़िंदगी बिताने का कोई मतलब नहीं था। उसने कहा कि ज़िंदगी के इस आखिरी मोड़ पर यही अच्छा होगा कि दोनों हंसी-खुशी अपनी-अपनी ज़िंदगी में मगन रहें। इसके बाद ज्योत्सना ने एक शब्द नहीं कहा।

उधर नोनी आपा ने अपने आगे के प्लान के बारे में मल्लिका को एक ख़त लिखा। मल्लिका ने हैरान होते हुए अपनी मां को लंदन से फोन किया और बोली, 'तुम कितनी चालू हो मम्मी।' वो सोचने लगी कि वाकई जिंदगी साठ की उम्र में आते-आते ख़त्म नहीं हो जाती हालांकि बाद में उसे डर सा लगा और उसने पूछा, 'मम्मी क्या वाकई आनंद जी ही तुम्हारी ज़िंदगी का वो प्यार हैं जिसका तुम इंतज़ार कर रही थी, वही एहसास जो हवा के झोंके की तरह तुम्हारी ज़िंदगी में आकर तुम्हें उड़ा ले जाए?'

नोनी आपा खिलखिलाकर हंस पड़ीं, 'बेवकूफ़ों की तरह बात मत करो, ऐसा सिर्फ़ तुम्हारे पिता कर सकते थे। हम हर तरीके से ख़ुश थे, लेकिन इस उम्र में अब वो दिल की धड़कन बढ़ाने वाला

और पागल कर देने वाला प्यार नहीं होता। और अगर हो गया ना तो फिर तो इस उम्र में मुझे दिल का दौरा ही पड़ जाएगा, है कि नहीं। लेकिन हां किसी साथी का होना बहुत अच्छा लगता है।'

और अपनी बेटी के साथ आनंद जी के बारे में बात करते हुए नोनी आपा ने महूसस किया कि वास्तव में उन्हें अपना प्यार मिल गया हालांकि इस उम्र में इस प्यार का एहसास अलग है, बिल्कुल किसी हाथ के बुने स्वेटर की तरह जो बदन पर पूरी तरह फिट हो जाता है और कहीं भी नहीं चुभता और हां सर्दी के दिनों में आपको गर्म भी रखता है।

~

नोनी आपा दो कप चाय लेकर आईं और उन्हें आनंद जी के सामने की मेज़ पर रख दिया। हालांकि एक साल हो गए उन्होंने अपनी तबियत पूरी तरह ठीक करने में लेकिन अभी तक उनकी हिम्मत अपनी पसंदीदा स्कॉच ऑन द रॉक्स पीने की नहीं पड़ी।

वो आनंद जी के सामने रखे बांस के मोढ़े पर बैठ गईं। नीले आसमान की ओर हाथ हिलाते हुए आनंद जी ने कहा, 'नोनी तुमने ध्यान दिया, आज पूरे दिन बारिश नहीं हुई। तुम्हें पता है कि लोग कहते हैं कि तानसेन के ज़माने में वो राग दीपक गाकर आग पैदा कर देते थे और अगर आपको बारिश चाहिए हो तो फिर राग मल्हार

गाकर बारिश भी कराई जा सकती थी।'

और फिर इतना कहते हुए आनंद जी ने राग मल्हार में मेघश्याम घनश्याम गाना शुरू कर दिया।

नोनी आपा ने शांति के साथ अपनी सुनने की मशीन बंद कर दी और चुपचाप अपनी चाय पीने लगीं। एक घंटे के बाद आसमान में गहरे बादल छा गए और बूंदाबांदी होने लगी।

आनंद जी बच्चों की तरह दबी हुई हंसी हंसने लगे, हालांकि इसे चमत्कार नहीं कह सकते थे क्योंकि एक तो जुलाई का महीना था और मुंबई में तो इस वक्त तगड़ा मानसून होता है लेकिन नोनी उनके कंधे थपथपाते हुए मुस्करा दी। दोनों देर तक ख़ामोशी में साथ-साथ बैठे रहे और बरसती बूंदों को निहारते रहे जो गुलमोहर की शाखों पर से बिखर रही थीं।

अगर मौसम की इजाज़त हो

इं*डियन एक्सप्रेस* अख़बार में मौसम विभाग के पूर्वानुमान में एक हफ़्ते तक अच्छी धूप निकलने की बात कही गई थी लेकिन जिस दिन एलिज़ा थॉमस तीसरी बार एक ही इंसान से शादी कर रही थीं तो अचानक बारिश होने लगी।

तीन दिन पहले बांद्रा के कोर्ट हाउस में जब एक सामान्य रस्मअदायगी का मौका था तो आसमान में बादल तक नहीं थे। हालांकि कल जब एलीज़ा का नाम बदलकर अपने पति के मज़हब के मुताबिक आयशा कर दिया गया था, तब आसमान बादलों से भरा हुआ था। हालांकि ये रस्म बमुश्किल बीस मिनट में खत्म हो गई और उस अच्छी भली क्रिश्चियन लड़की ने जैसे ही लखनऊ के किसी ज़रदोज़ी के हाथ के बने और सोने की बारीक कढ़ाई वाले गहरे हरे रंग के कुर्ते और सिल्क के चमकते शरारे को देह से उतारा, वो अपना नया नाम भी भूल ही गई।

आज सेंट थॉमस मारथोमा सीरियन चर्च में उसकी तीसरी बार शादी हो रही थी लेकिन बाहर हो रही मूसलाधार बारिश की वजह से खिड़कियों से बाहर कुछ भी नज़र नहीं आ रहा था और चर्च की अंदर की नक्काशी स्याह और उदास लग रही थी।

हालांकि एलीज़ा थॉमस उस चिड़चिड़े और सुस्त पादरी के सामने काफी शांत और संयत दिखने की कोशिश कर रही थी लेकिन उसकी

बेचैन नज़रें बार-बार खिड़की के पार बगीचे की तरफ़ जाती थीं जहां इस रस्म के बाद होने वाली गार्डन पार्टी रखी गई थी और उसे चिंता थी कि कहीं बारिश की वजह से सारा जश्न फीका न पड़ जाए।

एलीज़ा के नैन-नक्श शानदार थे। वो दूल्हे से तीन इंच लंबी थी और उसके लंबे और गहरे भूरे बालों को उसके कॉफी की रंगत वाले चेहरे से पीछे की तरफ़ अच्छी तरह खींचकर गोल जूड़ा बनाया गया था और उसकी कमानीदार भौहें उसकी छोटी-छोटी आंखों को और बड़ा बना रही थीं। आज उसने एक शानदार सफ़ेद साड़ी पहनी थी और सिर पर लाल सिल्क की साड़ी लपेटी थी जिसे वो रिसेप्शन पर पहनने जा रही थी।

उसके पति जावेद गाज़ी ने काला सूट पहना था और वो एक प्रोफेशनल फोटोग्राफर था जिसकी उम्र भले ही सैंतीस साल हो चुकी थी लेकिन जिसके दिल में अभी भी भारतीय क्रिकेट टीम में तेज़ गेंदबाज़ के तौर पर खेलने का सपना ज़िंदा था।

एलीज़ा के पिता पोथन थॉमस जिन्हें वो प्यार से अचन बुलाती थी, सबसे आगे की सीट पर कुछ यूं बैठे हुए थे कि वो ऐसे अभिभावक हों जो अपने समुदाय की इज़्ज़त की रक्षा करते-करते हार गए हों। इससे पहले वो एक जंग हार चुके थे जब उनकी बड़ी बेटी राहेल ने एक पंजाबी बैंकर से शादी कर ली थी। हालांकि ऐसा नहीं था कि एलीज़ा

उनकी गोद में निनान और चेरियन जैसे नाम वाले घुंघराले बालों वाले तीन चार पोते-पोतियां देने वाली थी लेकिन ऐसा मंज़र देखने की मजबूरी ने उन्हें भीतर ही भीतर और कमज़ोर कर दिया था।

वो अपनी पत्नी जिन्सी की तरफ़ मुखातिब हुए जिसने अपने भारी बदन पर मैरून रंग की साड़ी पहनी थी, हाथों में दर्जनों अंगूठियां डाली थीं और बालों में नारंगी रंग के कानाकंबरम फूलों की लड़ी लगाई थी, और फुसफुसाते हुए बोले, 'कितने अच्छे-अच्छे मलयाली आईपीएस अधिकारियों को हम हम चाय-बिस्किट के लिए घर पर बुलाते रहे, सबको इसने मना कर दिया और देखो अब इस जावेद से शादी कर रही है।'

पोथन थॉमस की आंखें चेहरे पर चढ़े मोटे काले चश्मे के पीछे नम हो चली थीं, वो बोले, 'तुम ही बताओ मुझे, करोड़ों लोगों के इस हिंदुस्तान में उसको एक ढंग का लड़का नहीं मिला, चलो क्रिश्चियन न सही, मलयाली भी न सही लेकिन कम से कम हिंदुस्तानी तो होता। वो भी कहां से एक बांग्लादेशी मुस्लिम शरणार्थी को खोज लाई।'

जिन्सी, जिसकी आंखें अभी भी अपने होने वाले दामाद और अपनी बेटी पर जमी हुई थीं और जिसने होंठों पर बमुश्किल मुस्कान ओढ़ी हुई थी, धीमे से फुसफुसाई, ' पोथन मेरी बात लिखकर ले लो, ये शादी छह महीने भी नहीं चलेगी।'

लेकिन जिंसी थॉमस की बात गलत थी, शादी तो नौ महीने चल गई।

~

होटल दु ग्लेबो एत दे क्वात्रे वेन्त्स के रूम नंबर 10 में शानदार पुराने अंदाज़ का बेड मौजूद था जिस पर ताज़े पीले फूलों से ढकी सिल्क की चादर पड़ी थी। बस एक ही कमी थी कि ये कमरा इतना छोटा था कि बाथरूम जाने के लिए भी आपको अपने साथी को लगभग धकियाते हुए पार करना पड़ता।

एलीज़ा आमतौर पर कमरे का दरवाज़ा खोलकर बाहर होटल के कॉरीडोर में खड़ी हो जाती जब तक कि उसे फ्लश की आवाज़ नहीं आ जाती, और वो अपने पति का इंतज़ार करती कि कब वो बाथरूम से निकलकर बेड के दूसरे किनारे तक पहुंच जाए। हालांकि इस असुविधा का इसलिए कोई मायने नहीं था क्योंकि वो पेरिस में थी।

हर सुबह जावेद और एलीज़ा सामने की पेस्ट्री की दुकान पर जाकर मैप और नोटबुक निकालते और ब्लैक कॉफ़ी के साथ मक्खनी स्वाद वाले कोरिसां खाते हुए दिनभर घूमने का प्लान तैयार करते।

हालांकि ये बड़ा अजीब-सा था कि दो लोग जो कि अपने हनीमून पर आए हुए थे दोनों सारा दिन अलग-अलग घूमते। जावेद सिर्फ़ आर्ट गैलरी और म्यूज़ियम जाना चाहता था जबकि एलीज़ा को आर्क डि त्रियोम्फे और एफिल टॉवर जैसी सारी मशहूर पर्यटक जगहें देखनी

थीं। लिहाज़ा वो दोनों अलग-अलग अपनी पसंद की जगहों पर चले जाते और फिर रात के खाने पर एक दूसरे से मिलते।

वैसे इस हनीमून में एक और अजीब बात थी, और वो ये कि इस हनीमून में सेक्स नाम की कोई चीज़ नहीं थी। कोई तख्त का कोना दीवार से टकराकर आवाज नहीं करता था, न ही सांवले रंग की उन टांगों को फैलाकर उन्हें पसीने से तर किया जाता था, कोई कराह उस कमरे की पतली दीवारों को पार करते हुए रूम नंबर नौ में मौजूद बुज़ुर्ग जर्मन जोड़े को परेशान नहीं करती थी जिसको एलीज़ा ने कई बार कॉरीडोर में देखा था।

जावेद और एलीज़ा एक दूसरे को आठ साल से डेट कर रहे थे, जैसे कोई खराब लाइट बार-बार जलती बुझती है वैसे इन दोनों का रिश्ता कई बार जुड़ा और टूटा था। जैसे-जैसे वक्त बीता वो अपने-अपने दोस्तों के साथ रातें गुज़ारने लगे, कई बार तो रिश्ता टूटने के दौरान अजनबियों के साथ ही रातें बीततीं। लेकिन जब दोनों साथ होते तब भी धीरे-धीरे पता नहीं क्यों दोनों ने एक दूसरे के साथ सेक्स करना बंद कर दिया।

हालांकि रिश्ते के इस हिस्से का खालीपन कभी एलीज़ा को परेशान नहीं करता था। उसने जावेद से शादी कुछ तो इस वजह से की थी क्योंकि उसका एक जुड़ाव था जावेद के साथ और कुछ इस वजह से

की थी कि इससे पहले कि उसे एक दिन अपने माता-पिता के दबाव के आगे झुकते हुए किसी मलयाली वर्गीज़ या जोसेफ के साथ शादी करनी पड़े जिसके लिए उसके परिवारवाले लगातार ज़िद कर रहे थे, वो खुद ही शादी कर ले।

शाम की रोशनी में मशहूर नोत्रे देम देखने के लिए पोन्त दे आल्मा के पास टहलते हुए फेरी का इंतज़ार करते समय हुए उसे लगा कि उसकी ज़िंदगी जावेद के साथ काफी अच्छी गुज़र रही थी।

एलीज़ा इससे पहले भी फेरी की सवारी कर चुकी थी, हालांकि इस घटना को ज़्यादा दिन नहीं हुए थे, तब वो अपनी बड़ी बहन राहेल और छोटे से भतीजे ल्यूक के साथ हाथों में पिकनिक का सामान पकड़े हुए वर्सोवा से मड आइलैंड गई थी। राहले फेरी की पुरानी जंग खाली रेलिंग पर झुकी हुई थी, खारे समुद्र की नम हवा ने उसके सूखे बालों को उलझा दिया था, उसने पूछा था, 'एलीज़ा, आख़िर तुम ऐसी क्यों हो, क्या तुम्हें नहीं लगता कि बार-बार रिश्तों में पड़ना और फिर तोड़ देना, ये सब तुम्हें अब बंद करके कोई अच्छा सा लड़का अपने लिए खोज लेना चाहिए।'

किंगफिशर बियर की बोतल से एक घूंट मारते हुए एलीज़ा बोली, 'तुम्हें मालूम है कि ये सुनकर मुझे एक बात याद आ गई जो किसी ने मुझसे कल ही कही थी, कि जब चीज़ों को आपके सामने आना होता

है वो आ ही जाती है हालांकि ज़रूरी नहीं है कि ये वही चीज़ें हों जिनकी आप तलाश कर रहे हों।'

राहेल ने तिरछी आंखों से सूरज की तरफ़ देखते हुए कहा, 'ये ख्याल बहुत अच्छा है एली, ज़रूर वो इंसान कोई दार्शनिक टाइप का रहा होगा।'

और इस पर एलीज़ा ने आंख मारकर हंसते हुए कहा, 'नहीं वो एक शराबी था राहेल।'

एलीज़ा ने खार्दिन तिनो रोस्सी की तस्वीर लेने, स्कल्प्चर गार्डन में घूमने के बाद होटल की तरफ़ लौटते समय मन ही मन सोचा, जावेद शायद उसके लिए बिल्कुल सही आदमी था। उसे अपने लिए स्पेस चाहिए था जिसका मतलब ये था कि उसे भी उतना ही स्पेस मिलता था और वो अपनी मर्ज़ी की चीज़ें कर सकती थी। ऐसे में उस पर न तो कोई बंदिश थी और न ही उससे किसी चीज़ की मांग थी।

और फिर जावेद के साथ किताबों और कला की बातें करना उसे अच्छा लगता था। जावेद की स्टडी टेबल पर सूज़ा का बनाया हुआ स्केच और लिथोग्राफ मौजूद था। उसके बेडरूम के एक कोने में एक पुरानी बुकशेल्फ था जिसमें रूमी की लाल रंग की शायरी की किताबें, रोल्ड डाल की किताब डर्टी बीस्ट और ग़ालिब की शायरी की पुरानी किताब मौजूद थी। ये वो चीज़ें नहीं थी जिनको देखते हुए वो बड़ी हुई

थी, क्योंकि उसके दो कमरों के घर में हमेशा मीन मोईली नाम की फिश करी की महक आती रहती थी जिसे उसकी मां बड़े चाव से हफ़्ते में पांच बार बनाने की ज़िद करती थीं।

पेरिस में आठ दिन बिताने के बाद वो लोग बंबई वापस लौट आए और यारी रोड पर मौजूद जावेद के छोटे से फ्लैट में रहने लगे। एलीज़ा वापस अपने पिता की रियल एस्टेट की फर्म में काम करने लगी वहीं जावेद ने फोटोग्राफी के काम से रोज़ी-रोटी कमाना शुरू कर दी। शाम को वो अपनी गेंदबाज़ी की प्रैक्टिस करता था जिसके बाद ज़ाहिर है कि उसके कंधे की नस खिंच जाती और पीठ में दर्द शुरू हो जाता, वहीं वो शाम को दोस्तों के पास चली जाती या फिर कभी-कभार पेंटिंग करने लगती जिसका नतीजा ये होता था कि उनके घर के नीचे वाले गैरेज में कैनवस पर कई अधूरी पेंटिंग्स इकट्ठी हो गई थीं।

जावेद थोड़ा शांत किस्म का इंसान था जो कभी-कभार बियर या फिर एक दो पैग किसी खास मौके पर पी लेने के अलावा न तो शराब पीना पसंद करता था और न ही उसे सिगरेट पीने या फिर लोगों से घुलने-मिलने की ज़रूरत होती थी। उसकी एक ही कमज़ोरी थी कि वो लगातार न जाने कितने मनोचिकित्सकों, ज्योतिषियों, कुंडली देखने वालों और धार्मिक बातें करने वाले लोगों से मिलता रहता था कि कोई तो उसके दिमाग में अक्सर छाने वाली उलझनों को दूर करके उसे

सही राह दिखा सके।

दूसरी ओर एलीज़ा तो एकदम यारबाज़ थी, उसके दोस्तों की पूरी फौज थी और उसे सिगरेट पीने की भी लत थी। कई बार तो देर सुबह तक पार्टी में डांस करती रहती थी और जब वो घर लौटती थी वो उसके बालों से धुएं की गंध आती रहती थी, उसके मुंह से शराब की बास आती थी। और ऐसे हाल में जब वो बेड में घुस जाती थी तो जावेद अपनी पीठ उसकी तरफ़ कर लेता था और ये जताने की कोशिश करता था कि वो सो रहा है।

वक्त के साथ जावेद और शांत होता गया और एलीज़ा ज़्यादातर वक्त घर के बाहर रहने लगी। उधर जावेद के दिमाग में पैदा होने वाली उलझनें और ज़्यादा बढ़ती गई, और एलीज़ा इस बात को तभी समझ पाई जब उसका सीधा सामना उनसे हुआ। कई बार इसका एहसास उसे तब होता था जब वो जावेद के हाथों में चाय का कप पकड़ाती थी, या फिर उसके साथ डिनर टेबल पर बैठी होती थी या उसके साथ बिस्तर में होती थी तो उसे लगता था कि जैसे उन दोनों के बीच कोई तीसरा शख्स भी मौजूद है।

चुपचाप इन चीज़ों को महसूस करने का दौर अनंतकाल तक चलता रहता लेकिन ऐसा हो नहीं पाता। उस बार दिसंबर में जावेद एलीज़ा के दोस्तों के साथ न्यू ईयर मनाने के लिए गोवा गया। जावेद

मोटरसायकिल चला रहा था जबकि एलीज़ा पीछे बैठी थी कि तभी जावेद ने ओल्ड पोर्ट रम की आधी बोतल गटक डाली। उसने एलीज़ा को बताया कि वो मर जाना चाहता है और ये कहते हुए उसने अपनी गाड़ी पास से गुज़र रहे एक ट्रक में ठोंकने की कोशिश की।

एलीज़ा ने जल्दी से उसके हाथों से हैंडल छीना और वो ट्रक से टकराने की बजाए सड़क के किनारे एक गड्ढे में जा गिरे। जावेद की नाक, सीने की एक पसली और कंधा टूट गया, वहीं एलीज़ा को बांह पर ज़ख़्म हुए, बालों में खर-पतवार घुस गए और उसका चमकदार सिल्वर रंग का टॉप पूरी तरह गंदगी से तर हो गया।

वो वापस होटल लौटी, अपनी बहन को फोन किया और बोली, 'राहेल चूंकि आज नए साल का पहला दिन है तो बेहतर यही होगा कि एक नए और ख़ुशनुमा तरीके से ये साल शुरू किया जाए। तुम अचन को बोलो कि वो मेरे काग़ज़ तैयार कर दे, ठीक है।' इसके बाद फिर वो अपने अचन और अम्मा के साथ रहने के लिए उसी घर में लौट गई जहां हमेशा मीन मोइली की महक आती रहती थी।

~

दो साल बीत गए और इन दो सालों में एलीज़ा एक के बाद एक कई रिश्तों से गुज़रती रही, ये कुछ यूं था कि जैसे उसने कोई नई जींस ट्राई की हो, पहले उसे पहनकर देखा, हाथ-पैर हिलाकर देखा फिर उसे

उतारकर यूं ही फर्श पर छोड़ दिया।

इसके बाद अचानक उसे कोई ऐसा इंसान मिला जो उसके ख्यालों के परफेक्ट इंसान के काफ़ी करीब था, और ये था एक राजस्थानी आदमी जिसका नाम था अजय शेखावत। लेकिन उसका परिवार राजनीति में था और उसकी शादी ऐसे घराने में तय कर चुका था जहां रिश्ता करना उनके लिए सियासी लिहाज़ से फायदेमंद होता। इस डर से कि कहीं इस बार एलीज़ा को ख़ुदकुशी करने की नौबत न आ जाए, उसकी मां जिन्सी ने मामला अपने हाथों में ले लिया। वो इकत्तीस साल की एलीज़ा को बिल्कुल पारंपरिक अंदाज़ में सलवार-सूट पहनाकर उसे त्रिवेंद्रम ले गईं।

चाको एक स्थानीय ज़िला कलेक्टर अब्राहम कुरियन का बेटा था और चालीस का हो जाने के बाद भी उसकी शादी नहीं हुई थी। वो लंबा था, उसने दक्षिण में आमतौर पर प्रचलित मर्दानगी की प्रतीक लंबी-लंबी मूंछें रखी थीं, हालांकि बालों का जंगल कुछ कम हो चला था और उसने काले रंग की टी शर्ट और नीली जींस पहनी थी। वो अपने पिता की बगल में बैठकर चुपचाप एलीज़ा को देख रहा था।

जिंसी ने बातचीत का सिलसिला शुरू किया, 'एलीज़ा तुमको पता है कि चाको के चाचा बिशप हैं और उनके दादा जी भी बिशप हैं, कितना प्रतिष्ठित है आपका परिवार मिस्टर कुरियन।'

खाने की मेज़ पर अप्पम, कटहल के बीजों से बनने वाली चक्काकुरु मंगा करी, नारियल और आम का लुत्फ उठाते हुए एलीज़ा ने गौर किया कि मिस्टर कुरियन काफी शानदार इंसान थे।

इस दौरान उन लोगों ने यहूदियों की घटती तादाद पर चिंता जताई, मालाबार में कुछ यहूदी बचे हैं और कुछ ही परदेसी यहूदी अब रह गए हैं और दुनिया में परदेसी यहूदी अब सबसे छोटा यहूदी समुदाय बन गया है। मिस्टर कुरियन ने उन्हें राजाओं के ज़माने की वो भूतिया कहानी सुनाई जिसमें लक्किड़ी गेटवे का ज़िक्र था जहां एक आदिवासी नेता करिन्थान्दन की आत्मा भटकती है जिसका अंग्रेज़ों के ज़माने में क़त्ल कर दिया गया था क्योंकि उसने ब्रिटिश इंजीनियर को थमरेस्सेरै का सबसे आसान छोटा रास्ता खोजने में मदद की थी।

एलीज़ा ने एक बार को सोचा कि वो इस बड़े से घर में मिस्टर कुरियन और उनके बेटे के साथ ऐसी शानदार कहानियां सुनते-सुनते आराम से रह लेगी। आख़िर यहां पर उसे बार-बार अपने माता-पिता की रोनी सूरत तो नहीं देखनी पड़ेगी। लेकिन उसे लगा कि पहले अपने होने वाले पति से कुछ बात तो कर लेनी चाहिए क्योंकि उसने अभी तक अपना मुंह भी नहीं खोला था।

जब मिस्टर कुरियन उन दोनों को पहली मंज़िल पर बने स्टडी रूम में छोड़ गये तो एलीज़ा ने पहल की, 'तो चाको, तुम क्या करते हो।'

चाको ने जेब से गांजे से भरी एक सिगरेट निकाली औप पूछा, 'तुम गांजा पीती हो?' जब एलीज़ा से सहमति में सिर हिला दिया तो उसने सिगरेट सुलगाई और एलीज़ा को दे दी। एक लंबा कश लेने के बाद वो बोला, 'मैंने मैनेजमेंट की पढ़ाई की है। हमने अमेरिका में डोनेशन देकर सीट ले ली थी, हालांकि मैंने कोर्स पूरा नहीं किया। मैं अब टीवी देखता हूं और बियर पीता हूं।'

हालांकि इस बात को सुनकर आम औरतें अपनी जगह से उछलकर खड़ी हो जातीं और 'अम्मा मुझे बचाओ' कहते हुए चीख पुकार मचा देतीं लेकिन एलीज़ा जो हमेशा अपनी ज़िंदगी को स्टार ट्रैक के किसी एपीसोड की तरह समझती थी, और उसी के फलसफे पर चलती थी कि हमेशा उन जगहों पर जाओ जहां कोई पहले न गया हो, उसने तुरंत इस अनोखे ग्रह की सैर करने का फैसला कर लिया जहां जाने के लिए उसके माता-पिता ख़ुशी-ख़ुशी उसे विदा करते। हालांकि उसने मन ही मन सोचा कि ये सिर्फ़ एडवेंचर भर ही नहीं रहेगा लेकिन कम से कम ज़िंदगी में एक बार उसे अपने माता-पिता को ख़ुश करने का मौका तो मिलेगा।

~

केरल के मशहूर अख़बार *दीपिका* में छपे मौसम के अनुमान में कहा गया था कि इस पूरे हफ़्ते आसमान साफ रहेगा और *इंडियन एक्सप्रेस* जैसे खूब बिकने वाले अखबार के उलट इसकी भविष्यवाणी उन

दोनों दिनों के लिए सच साबित हुई जब एलीज़ा की शादी हुई।

सार्वजनिक समारोह में पहनने के लिए उसने एक सफ़ेद और लाल रंग की ड्रेस पसंद की जिस पर कमल के फूल बने हुए थे और चर्च में पहनने के लिए उसने पिछली बार की शादी में पहनी गई सफ़ेद साड़ी को ही दोबारा पहनने का फैसला किया क्योंकि उसे लगता था कि अब एक और साड़ी खरीदना फिज़ूलखर्जी ही होगी।

एलीज़ा त्रिवेंदम के सेंट रीताज मलनकारा चर्च में फादर जेम्स चांडी के सामने चाको के साथ खड़ी थी। उसका पूरा परिवार पांचवी बार हो रही उसकी शादी देखने के लिए चर्च में इकट्ठा था हालांकि उसकी बहन राहेल नहीं आई। उसने कहा, 'एलीज़ा अगर तुम्हें सिर्फ़ कूदने का मज़ा लेना है बिना ये सोचे हुए कि तुम कहां गिरने जा रही हो तो फिर तुम्हीं ये स्काइडाइविंग करो क्योंकि मैं अपनी नाक बंद करके इस गंदे पानी में उतरकर तुम्हें ऐसे काम करते हुए देखने में बिल्कुल भी दिलचस्पी नहीं रखती। अगर मैं तुम्हारी जगह पर होती तो मैं अम्मा और अचन को ये सारा ड्रामा ख़त्म कर देने के लिए कह देती।'

एलीज़ा अपनी बहन से भिड़ गई, वो बोली, 'तो फिर मैं क्या करती, रोज़ देखती कि अचन मुझे देखकर हैरान होते कि अब वो मेरा क्या करें, कैसे इस लगातार बज रहे टाइम बम को किसी मलयाली के माथे पर डाल दें। माफ़ करो मैं ऐसा नहीं कर सकती।'

दो दिन बाद एलीज़ा और चाको अपनी मारूति जिप्सी में ढेर सारे स्नैक्स और बियर भरकर हनीमून पर निकल पड़े। वो त्रिवेंद्रम से कोचीन के एक ख़ूबसूरत रस्ते पर जा रहे थे।

पहले घंटे गाड़ी एलीज़ा ने चलाई। चाको खिड़की से बाहर देखते हुए गांजा पीता रहा और बीच-बीच में एलीज़ा को भी कश मारने के लिए देता रहा। इसके बाद जब दोनों ने अपनी जगह बदल ली तो एलीज़ा ने एक बीयर पी और कार मे तेज़ बजते गानों के बीच ही आराम से सो गई।

सोते-सोते एलीज़ा सपना देख रही थी कि वो एक बाग में थी और किसी भूलभुलैया जैसी जगह पर फंसी थी और उसके सिर पर झाड़ियां उगी थीं। वो जंगल में अपने पीछे घने पेड़ों का झुरमुट छोड़ते हुए आगे बढ़ रही थी। आसपास कोई बिल्ली भी थी हालांकि वो उसे देख नहीं पा रही थी।

वो बिल्ली लगातार आवाज़ निकाल रही थी और रो रही थी, उसके रोने की आवाज़ उसके कानों में घंटियां बजा रही थी। एलीज़ा बेचैन हो उठी और अब वो लगभग आधी जगी हुई सी थी। उसकी आंखें बंद थीं लेकिन वो बिल्ली की आवाज़ अभी भी सुन पा रही थी। उसने अचानक अपनी आंखें खोल दीं। संगीत बंद हो चुका था और चाको के गालों से आंसुओं की धार बह रही थी, वो फूट-फूटकर रो रहा था

और खुद को मारने पर उतारू था।

एलीज़ा के दिमाग में सबसे पहले यही ख्याल आया, हे भगवान, ये सब बार-बार मेरे ही साथ क्यों होता है। इसके बाद उसने सोचा कि मैं जल्दी से गाड़ी की स्टीयरिंग अपने हाथ में ले लेती हूं इससे पहले कि ये पागल इस कहीं ठोंक दे। एलीज़ा आगे झुकी और एक हाथ से स्टीयरिंग मोड़ते हुए कार को सड़क के किनारे ले गई और फिर उसे रोक दिया।

उसने चाको से बात करने की कोशिश की लेकिन वो लगातार चुप्पी साधे रहे। वो बच्चों की तरह सिसकता रहा और कुछ भी बोलने से इन्कार कर दिया। अब एलीज़ा को समझ में नहीं आ रहा था कि क्या किया जाए, उसने एक बार वापस जाने के लिए भी सोचा लेकिन फिर फैसला किया कोचीन तक का रास्ता काफी खूबसूरत है ऐसे में वापस क्यों जाया जाए। वो भी आज ये रास्ता पूरा देख लेगी। वैसे भी हर चीज़ पहले से बुक की गई थी और भगवान जाने दोबारा ये मौका मिले या फिर ना मिले।

एक सौ साठ किलोमीटर और सफ़र करने के बाद वो लोग अलेप्पी पहुंचे। एलीज़ा ने कार पार्किंग में लगाई, अपना बैग लिया और एक हाउसबोट में बैठ गई, चाको भी चुपचाप उसके पीछे आ गया। वो बिस्तर पर जाकर लेट गई और छोटी नहरों में बोट के चलने के साथ

ही लकड़ी की खिड़की के पार नज़र आने वाले नज़ारे को देखने लगी जहां दोनों तरफ़ धान के खेत और नारियल के पेड़ थे। चाको बाहर ही बैठा रहा, बिल्कुल हाउसबोट के अगले हिस्से के पास, उसकी आंखें बंद थीं और सिर एक तरफ़ झुका हुआ था, वो काफ़ी देर से च्यूइंग गम चबा रहा था।

एलीज़ा ने मसालेदार प्रॉन करी के साथ चावल खाया, करी इतनी तीखी थी कि उसका गला जलने लगा और नाक से पानी आने लगा, लेकिन चुप्पी मारकर बैठे चाको ने कुछ भी खाने से मना कर दिया। वो कहीं से भी आक्रामक नहीं लग रहा था। वो हंसता था, सिर हिलाता था और कमरे में रखे कैरम बोर्ड के सहारे बैठकर लकड़ी की प्लेटों को उलट-पलट रहा था। वो जैसे खुद में ही खोया लग रहा था।

अगली सुबह दोनों कई घंटे गाड़ी चलाकर थेक्कड़ी के इलायची के बागान में पहुंचे जहां उन लोगों को ठहरना था। चाको आज कुछ बेहतर लग रहा था। यहां तक कि उसने लगभग एक घंटे तक गाड़ी भी चलाई और दोनों ने आपस में बात भी की थी कि आख़िर कौन सा रूट लेना बेहतर होगा, मौसम कैसा है और एक आंटी के बारे में भी बात की थी जो लग रहा था कि काले जादू की प्रैक्टिस कर रही थीं। एलीज़ा ने सोचा कि वो बीती बात भूल जाए क्योंकि आख़िर वो जगह भी तो कई सौ किलोमीटर पीछे छूट चुकी थी।

उस रात नए जोड़े ने थोड़ी हिचकिचाहट के साथ ही सही लेकिन अपनी शादी को संपूर्ण बना लिया। चाको अंधेरे में उसके करीब आया था। हालांकि उसने बताने की कोशिश की थी कि ये सही समय नहीं है और ये भी बहाना बनाया था कि उसके पीरियड चल रहे हैं, लेकिन चाको नहीं माना।

बाद में उस चरमराते हुए गरम बिस्तर में लेटे-लेटे उसने सोचा कि अगर सुबह चाको उठकर देख ले कि सफेद चादर पर कोई भी दाग नहीं पड़ा है तो उसका झूठ सामने आ जाएगा लेकिन चाको तो उससे दूर बेसुध होकर सो रहा था।

एलीज़ा ने खुद को समझाने की कोशिश की थी कि हालांकि सेक्स ठीक-ठाक तरीके से ही हुआ था लेकिन थोड़ा सिखाने के बाद इसके शानदार हो जाने की गुंजाइश थी।

लेकिन एक अजनबी से पलंग पर एक अजनबी से इंसान के साथ लेटना, ऐसे हालात में वो जिस तरह के बेलौस अंदाज़ में रहती थी वो इस बार उसके अंदर नहीं था।

उस घुप्प अंधेरे में उसने अपने भीतर एक खालीपन का एहसास किया, ऐसा खालीपन जिसे वो अब तक हमेशा हंसी ठहाकों और दोस्तों की सोहबत से भरती आई थी, एक कभी न खत्म होता हुआ खालीपन जो उसे इस मोड़ तक ले आया था ज़हां उसने एक ऐसे

इंसान से शादी कर ली थी जिसे वो बमुश्किल जानती थी और यहां तक कि उसे ज़्यादा जानने की इच्छा भी उसके भीतर नहीं थी। एलीज़ा ने बाकी की रात छत पर लगे पंखे की तरफ़ देखते हुए बिताई जो उसी की तरह लगातार घूम रहा था, चल रहा था लेकिन कहीं नहीं जा पा रहा था।

ब्रंटन बोटयार्ड तक का रास्ता काफ़ी लंबा था और बीच रास्ते में ही चाको ने बुदबुदाना शुरू कर दिया कि वो परियों से मिल रहा है। बीच-बीच में वो मुस्कराता रहता और बोलता कि 'ऐसे मत करो, अगर किसी भूखे को खाना नहीं दे सकते तो उसे कम से कम सोने तो दो।'

किस्मत अच्छी थी कि वो सो गया और फिर तभी जगा जब वो लोग ब्रंटन होटल में दाखिल हो रहे थे। उसने लगभग चलती कार का ही दरवाज़ा खोल लिया और तेज़ी से ये चीखते हुए अंदर भाग गया कि 'मेरी परियां मेरा इंतज़ार कर रही हैं।'

एलीज़ा कार में बैठकर यही सोचती रही कि क्या वो कार मोड़कर सीधे त्रिवेंद्रम चली जाए और वहां से अपने कपड़े पैक करके तुरंत मुंबई की फ्लाइट पकड़ ले। उसके ख्यालों में एक गार्ड की आवाज़ ने खलल डाला और उसने देखा कि होटल के दो कर्मचारी हड़बड़ाए से उसके पास आए और उससे अंदर आने की गुजारिश करने लगे।

उसने देखा कि चाको लॉबी में एक मोटे-से गुलाबी चेहरे वाले

रूसी पर्यटक के कंधे से जिम बैग खींच रहा था और चीख रहा था कि 'मुझे मेरी परी मिल गयी है, तुम मेरे साथ आओ।'

एलीज़ा ने किसी तरह से चाको को शांत किया और उसे कमरे में ले गई। बाद में लॉबी में उस रूसी ने एलीज़ा से पूछा, 'क्या आप उसकी पत्नी हैं, आख़िर उसको परेशानी क्या है?' उससे माफ़ी मांगते हुए एलीज़ा ने सफाई दी, 'देखिए मैं उसके बारे में ज़्यादा नहीं जानती हूं, आख़िर हमारी शादी को महज पांच दिन ही हुए हैं।'

कुछ ही दिनों के बाद एलीज़ा फिर से उस घर में लौट आई जहां मीन मोइली की महक छाई रहती थी। पोथन थॉमस ने दरवाज़ा खोला, अपनी बेटी की तरफ़ देखा और फिर उसके साथ मौजूद तीन सूटकेस को देखते हुए अपनी पत्नी को आवाज़ लगाई, 'जिन्सी यहां आओ, देखो तुम्हारी बेटी फिर से लौट आई है।' इसके बाद एलीज़ा घर में दाखिल ही नहीं हुई और सीधे राहेल के यहां रहने चली गई।

~

एलीज़ा दफ़्तर में अपनी डेस्क पर बैठी हुई थी कि तभी उसने चाको को अपने पिता के साथ अंदर आते हुए देखा। उनसे मिले हुए एलीज़ा को लगभग दो महीने हो चुके थे। जब पोथन अपनी बेटी को हाथ पकड़कर अपने केबिन में ले जा रहे थे तो रिसेप्शन पर बैठा चाको एलीज़ा की तरफ़ देखकर मुस्कराया।

एलीज़ा ने पूछा, 'अच्छा तो आपने उनको यहां पर बुलाया है। मुझे अब उससे कोई मतलब नहीं है। आपको पता है कि वो पूरा का पूरा पागल इंसान है। लेकिन पोथन थॉमस काफ़ी नाराज़ थे, वो बोले, 'हर बार हर कोई पागल ही निकलता है एलीज़ा, सिवाए तुम्हारे। जिस औरत के नाम के पीछे किसी मर्द का नाम नहीं होता है ना, पागल वो होती है। लोग उसे लगातार परेशान करते रहते हैं। भले ही गूंगा हो या बहरा लेकिन एक मर्द आख़िर मर्द होता है।'

लिहाज़ा एक बार फिर से एलीज़ा को राहेल का घर छोड़कर वापस घर आना पड़ा जहां अचन और अम्मा के साथ अब उनके नए मेहमान यानी चाको और मिस्टर कुरियन भी मौजूद थे।

अगर एलीज़ा के घरवालों ने इस बात पर गौर भी किया होगा कि कैसे चाको अचानक से चहकते हुए कुछ कहने लगता था, जैसे कि मेरे आइस बॉक्स में ताला लगा है, या फिर अचानक किसी एक जगह को घंटों तक घूरता रहता था तो भी उन्होंने इस मसले पर एक शब्द नहीं बोला।

एक शाम को खाने की मेज़ पर जिस पर हमेशा की तरह मीन मोइली, आलू, दोसा और चावल मौजूद था, मिस्टर कुरियन ने कहा, 'एलीज़ा, तुम कम से कम चाको को एक मौका तो दो। उसने काफ़ी कुछ झेला है। जब वो अस्पताल में भर्ती हुआ था तो डॉक्टरों ने कहा

कि उसे सिर्फ़ मामूली सी मानसिक तकलीफ़ है, डिप्रेशन जैसी, लेकिन वो बहुत जल्दी ठीक हो गया और फिर उन लोगों ने उसे जाने दिया। अब वो बिल्कुल ठीक से रहता है। उसके चचेरे भाई जोसफ इडिकुलस को भी ऐसी ही मामूली सी दिक्कत थी लेकिन अब देखो उसके तीन-तीन बच्चे हैं। मेरी बात मानो एलीज़ा, चाको और तुम एक बच्चा कर लो, फिर देखना चाको बिल्कुल ठीक हो जाएगा, मैं गारंटी देता हूं।'

एलीज़ा ने चाको की तरफ़ देखा जो अपनी प्लेट में रवा दोसा खाते हुए मंद-मंद मुस्करा रहा था। एलीज़ा ने इस बार जिन्सी और पोथन की तरफ़ देखा जो इस बात पर हां मे हां मिलाने के अंदाज़ में सिर हिला रहे थे और बोली, 'मिस्टर कुरियन अगर तुम्हें लगता है कि सेक्स करने से आपका बेटा ठीक हो जाएगा तो मैं बड़ी खुशी से उसके लिए दर्जनों लड़कियों का इंतज़ाम कर सकती हूं। लेकिन अगर आप मुझसे कहेंगे कि उसके साथ सेक्स करके मैं बच्चा पैदा करूं तो फिर मैं इसके लिए तैयार नहीं हूं। मैं नहीं चाहती कि मेरी कब्र पर लिखा जाए, यहां वो मदर टेरेसा दफ़्न है जिसने अपनी ज़िंदगी कुर्बान कर दी और अपनी योनि से किसी शख़्स की मानसिक बीमारी का इलाज किया।'

और फिर इसके बाद पोथन थॉमस फिर से उस कागज़ी कार्यवाही के बारे में सोचने लगे जिससे उन्हें आने वाले दिनों में गुज़रना था। चाको ने अपनी प्लेट की तरफ़ झुके सिर को उठाते हुए बड़ी मासूमियत

के साथ कहा, 'एलीज़ा तुम्हारी योनि बहुत दयालु है।'

~

एक साल बाद, एलीज़ा राहेल के साथ बैठकर अपनी नवजात भांजी के लिए सफेद कंबल बुन रही थी। राहेल, जो कि अभी भी इतनी भारी थी कि गर्भवती ही नज़र आती थी, वैसे उसका बेबी तीन महीने का हो चुका था, वो कुर्सी पर झूलते हुए अपनी बेबी को सुलाने की कोशिश कर रही थी।

अचानक पोथन थॉमस हाथों में एक अख़बार पकड़े हुए तेज़ी से घर में दाखिल हुए और बोले, 'एलीज़ा ज़रा अख़बार देखो। इसमें मखीजा बिल्डर्स के बारे में लिखा है। उनकी बेटी के बारे में, वो मांगलिक है। मैं इस आदमी को जानता हूं। मैं एक दो बार उसके दफ़्तर भी जा चुका हूं। अब उस लड़की को किसी हीरा कारोबारी के बेटे के साथ शादी करने से पहले एक पेड़ के साथ शादी करनी पड़ेगी।

'इस आर्टिकल में लिखा है कि ज्योतिष के मुताबिक मांगलिक अगर पहले पेड़ के साथ शादी नहीं करेंगे तो वो ज़िंदगी में कभी ख़ुश नहीं रह पाएंगे, और उनके पति को हमेशा ख़तरा रहेगा, या तो वो पागल हो जाएगा या फिर मर जाएगा। तुम्हारी कुंडली भी यही बताती है कि तुम मांगलिक हो। मुझे नहीं पता कि हम लोगों ने इसके बारे में पहले क्यों नहीं सोचा, लेकिन अब हमें इसके बारे में सोचना चाहिए

और फिर उसके बाद मैं एक अच्छे से मलयाली लड़के से तुम्हारी शादी करवा दूंगा।'

राहेल ने बीच में ही अपने पिता को टोका, 'अच्छा अब तुम उसे फिर से शादी करने के लिए कह रहे हो, वहां वो पागल चाको तलाक़ के काग़ज़ पर दस्तख़त ही नहीं कर रहा है।'

पोथन ने अपनी लड़की की बात पर ध्यान नहीं दिया और बोलते रहे, 'मैं जानता हूं, एक जॉर्ज मथाई हैं जो अपने बेटे के लिए रिश्ता खोज रहे हैं, आख़िरकार एक मर्द तो फिर मर्द ही होता है ना।'

एलीज़ा ने अपने पिता की तरफ़ देखा तक नहीं, उसका चेहरा खिड़की की तरफ़ था और वो बुदबुदाते हुए बोली, 'हां सही तो है, गूंगा हो या बहरा, मर्द ही तो सब कुछ होता है। मैं ये पहले भी सुन चुकी हूं जिस दिन मैं अपनी ही बिरादरी के किसी पारंपरिक और सेटल लड़के के साथ शादी करना चाहूंगी तो फिर मैं पेड़ से भी शादी कर लूंगी।'

उसी महीने के अंत में एलीज़ा ने एचन और अम्मा का घर हमेशा के लिए छोड़ दिया, वो घर जो हमेशा मीन मोइली की महक से भरा रहता था। उसने पोथन से कहा कि वो जानती है कि न तो वो अपना नज़रिया बदल सकती है और न ही अपने परिवारवालों को बदल सकती है, लिहाज़ा वो सिर्फ़ एक ही चीज़ बदल सकती है और वो है

अपना पता।

वो अपनी दादी मां के साथ एक छोटे से घर में रहने जा रही थी जो काफ़ी पहले राहेल और उसे छोड़कर अपने गांव वाले घर में चली गई थीं जो इथिक्करा नदी के किनारे ओयूर में बना था।

राहेल ने उससे पूछा, 'क्या तुम वहां पर अकेलापन महसूस नहीं करोगी एली।' उसने जवाब दिया, 'किसी अजनबी के साथ बिस्तर पर सोने और एक नाम हासिल करने से ज़्यादा अकेलापन वहां पर मुझे नहीं सताएगा। जैसे टीशर्ट पर लिखा रहता है ना कि बीन देयर, डन दैट, उसी तरह से मैं सब कुछ कर चुकी हूं। दो बार की गई शादी के सर्टिफिकेट हैं मेरे पास।'

इसके बाद एलीज़ा एक पल के लिए ठहरी और फिर बोली, 'एचन और अम्मा को हमेशा से तुम पर गर्व रहा है राहेल। वो हर किसी से कहती हुई घूमती थीं ना, हमारी बड़ी बेटी माइक्रोसॉफ्ट के एचआर डिपार्टमेंट में सीनियर डायरेक्टर है। लेकिन मैं तो उनके लिए किसी कांटे की तरह हूं, ऐसा कांटा जो हर बार चुभता था जब उनकी नज़र मेरी शक्ल पर पड़ती थी। उनकी वो लड़की जो कुछ भी ठीक से नहीं कर सकती यहां तक कि वो काम जो निरे गधे भी अच्छी तरह कर लेते हैं, शादी।

'वैसे मैं तुम्हें सच बताऊं तो मैंने आगे का प्लान भी सोच लिया है।

मैं वहां पेंटिंग बनाऊंगी, किताबें पढ़ूंगी और अगर हो सका तो प्राइमरी के बच्चों के लिए स्कूल भी खोलूंगी, मैं एक बार खुद को पसंद करना सीखूंगी।'

अपनी बहन की आंसुओं से भरी हुई आंखों को देखकर एलीज़ा बोली, 'अब भगवान के लिए रोना मत शुरू कर दो, मैं हमेशा के लिए नहीं जा रही हूं, मैं क्रिसमस के आसपास मिलने के लिए आऊंगी।'

एलीज़ा कभी ओयूर नहीं पहुंची। कायमकुलम के पास नेशनल हाईवे 66 पर लकड़ी से भरा एक ट्रक उसकी छोटी सी मारुति कार को कुचल कर चला गया।

~

उस दिन जब आसमान बिल्कुल पोस्टर में नज़र आने वाले आकाश की तरह एकदम चटख नीला था, एलीज़ा थॉमस को उनके प्रतिष्ठित परिवार की मौजूदी में दफ़ना दिया गया। पोथन और जिन्सी चाहते थे कि एलीज़ा की कब्र पर लगे पत्थर पर लिखा जाए: एलीज़ा थॉमस, एक प्यारी बेटी, बहन और पत्नी।

लेकिन राहेल जो अपनी बहन के ग़म में लगभग आधी पागल हो चुकी थी, अपने पिता पर बिफर पड़ी। 'एलीज़ा इस रास्ते पर कभी नहीं आई होती अगर तुमने उसे मजबूर नहीं किया होता। अंधा हो या काना हो मर्द तो आख़िर मर्द ही होता है, ये दुनिया की वो सबसे बेवकूफ़ाना

बात है जो मैंने आजतक सुनी है, लेकिन ये बात सिर्फ़ बेवकूफ़ाना ही नहीं है बल्कि पूरी तरह ग़लत भी है।'

सेवरी के क्रिश्चियन कब्रिस्तान में बड़ा साधारण सा सफेद रंग का गेट है। लंबे घने पेड़ों की शाखाओं से छनकर आती धूप इन कब्रों पर बिखर जाती है जिन पर यादगारी के पत्थर लगे हैं और मार्बल के देवदूत बने हैं। ये धूप उन अकेली उदास कब्रों को छाया भी देती है, जिन पर कोई नाम नहीं लिखा होता। दूर बाएं किनारे की तरफ़ से आने पर छोटे-छोटे नीले फूलों वाली झाड़ियों के पास एक साधारण सा यादगारी पत्थर लगा है और समाधि लेख में लिखा है, यहां लेटी है वो एलीज़ा, जो थोड़ी-थोड़ी सी तो हर किसी की थी लेकिन पूरी तरह सिर्फ़ ख़ुद की थी।

देवास का सैनिटरी मैन

मध्य प्रदेश के देवास ज़िले के पास के एक छोटे से कस्बे में एक चिलचिलाती दोपहर में उबड़-खाबड़ सी सड़क पर बबलू केवट साइकिल चलाते हुए जा रहा था। गरमी से बेहाल होकर चेहरे पर छलक आए पसीने को पोंछने के लिए उसने अपनी कत्थई रंग की शर्ट की ऊपर की जेब से रूमाल निकाला ही था कि उसे अपने बचपन के दोस्त नामदेव और हरिप्रसाद नज़र आए जो एक बरगद के पेड़ के नीचे खड़े होकर खैनी खा रहे थे।

बबलू ने हाथ हिलाकर उनको आवाज़ लगाई। दोनों ने उसकी ओर देखा और उसकी आवाज़ का जवाब देने की बजाए दोनों उससे दूर उल्टी तरफ़ ढलान वाले रास्ते से धान के खेतों की ओर जाने लगे। बबलू के चेहरे पर छाई मुस्कान काफूर हो गई। उसका चेहरा बोझिल हो गया, यहां तक कि उसकी रोबदार मूंछें भी जैसे निराशा में झुकी नज़र आने लगीं, उसने मायूस अंदाज़ में कंधे झटके और तेज़ी से साइकिल के पैडल मारने लगा।

आगे जाकर ये धूलभरा रास्ता और संकरा हो गया। रास्ते के दोनों तरफ़ चटक रंगों से पुते हुए घर नज़र आने लगे जिनमें से कई की छतों पर टीवी के एंटीने दिख रहे थे जिनके तार निकलने के रास्ते को नीली पन्नी से ढका गया था। बबलू को साइकिल संभलकर चलानी पड़ रही थी क्योंकि रास्ते में बहुत भीड़ थी। इस भीड़ में हरी और नारंगी

रंग की साड़ियां पहने हुए औरतें थी जिनके जूड़ों में चमेली के फूलों की माला लगी हुई थी, उसी भीड़ में नीली स्कूली ड्रेस पहने छोटी बच्चियां थीं जिनके बालों में छोटी-छोटी चोटियां बनाकर लाल रिबन बंधे थे और वो अपने स्कूल की छुट्टी के बाद घर लौट रही थीं, दुपहिया और तिपहिया वाहन भी थे जो अपना रास्ता बनाने के लिए लगातार हॉर्न बजाए जा रहे थे।

तभी अचानक कहीं से छोटे-छोटे कंकड़ बबलू के ऊपर आ गिरे और उसकी साइकिल लड़खड़ा गई। उसने चारों तरफ़ देखते हुए पता लगाना चाहा कि आखिर ये शरारत करने वाले कौन लोग थे, लेकिन उसे कुछ स्कूली बच्चे ही नज़र आए जिनके हाथों में कंकड़ थे और वो सब उसकी तरफ़ देखकर उसका मज़ाक उड़ाते हुए हंस रहे थे। उनमें से एक बच्चे को उसने पहचान भी लिया जो कि गंजकरण दुकानदार का बेटा था, लेकिन फिर उसने उन सबको नज़रअंदाज़ कर दिया।

तभी सामने एक बिल्कुल ताज़ा पुता हुआ घर नज़र आया, वो घर जो उसके सम्मान और खुशी का प्रतीक था और जिस पर एशियन पेंट्स के सफेद पेंट की पुताई ख़ुद बबलू ने ही कुछ महीने पहले की थी। उसने अपनी साइकिल रोकी, हैंडल से प्लास्टिक का बैग निकालकर कंधे पर लटकाया और एक मोटी चेन के सहारे साइकिल को घर के बाहर लगे खंभे से बांध दिया।

जैसे ही वो अपने घर के दरवाज़े की तरफ़ बढ़ा, उसने नाक से निकलने वाली एक चिरपरिचित आवाज़ सुनी, "घिनौना आदमी।" बबलू ने पलटकर देखा तो ये उसकी पड़ोसन पारुल की आवाज़ थी जो अपने किचन की खिड़की पर खड़ी होकर उसे घूर रही थी, बर्तन धोते हुए उनकी नाक में पहनी गई कील सूरज की रोशनी में चमक उठती थी।

वो बिल्कुल शांत खड़ा होकर उसकी ओर देखने लगा। भले ही वो उसका नाम नहीं ले सकता था लेकिन कम से कम उसे ये तो जता सकता था कि वो उसे डरा नहीं सकती है। हालांकि वो महिला भी सिर्फ़ इधर उधर की बातें करने की ही नहीं बल्कि लोगों को डराने-धमकाने की भी उस्ताद थी और उसने भी नज़रें नीची नहीं कीं।

दोनों को इस तरह एक दूसरे की तरफ़ घूरते हुए कई मिनट बीत गए। बबलू को अब पहले नज़र नीची करने वाले खेल से ऊब होने लगी और उसने तुरंत कुछ दूसरा मज़ेदार खेल सोचा। अब वो उसकी तरफ़ नज़रें गड़ाए हुए ही तबला बजाने की एक्टिंग करते हुए धा धिन धिन धा की आवाज़ निकालने लगा। बचपन में तबला बजाना सीखते समय उसने ये धुन सीखी थी। तबले की थाप की आवाज़ निकालने के साथ ही वो अपनी बांहें फैलाकर तरह–तरह की डांस की मुद्राएं बनाने लगा और वो भी एक पैर पर अपना संतुलन बनाते हुए। ये बड़े

ही अजीब किस्म का डांस था समझ लीजिए कि कत्थक और बॉलीवुड मसाला डांस के बीच का कुछ।

पारुल हैरान होकर उसकी ओर देखती रही, लेकिन जब बबलू की अजीबोगरीब डांस की हरकतें चालू रहीं और वो उसी अंदाज़ में उसकी तरफ़ आने बढ़ने लगा तो वो घबराकर चीखी, "गौरी...गौरी...बाहर आ।"

बबलू की पत्नी गौरी भागती हुई बाहर आई, और गौरी के साथ उसका कुत्ता भी उसका पीछा करते करते बाहर आ गया। अपने पति को ऐसी चिलचिलाती धूप में कूदते फांदते देखते वो बोली, "अब बस भी करो, ये सब क्या कर रहे हो तुम।" वो तुरंत कुछ बोलते-बोलते रुक गया वो नहीं चाहता था कि उसकी पत्नी को पता चले कि पारुल ने उसे क्या बोला था।

ज़ाहिर सी बात है कि ये पता चलने के बाद दोनों के बीच फिर झगड़ा हो जाता और ऐसा कई बार हो चुका था। उसने धीरे से फुसफुसाते हुए कहा, "अगर मेरे घर आने पर वो मुझे हर बार घूरेगी तो मुझे उसको घूरने के लिए कुछ न कुछ दिखाना चाहिए।"

अब पारुल को लगा कि यही मौका है कि वो फिर से एक बार हावी हो सकती है, मौका देखकर वो किचन की खिड़की पर झुकी जिसे उसका फूला हुआ पेट खिड़की के ग्रिल पर चिपक गया। उसने बबलू

की तरफ़ उंगली उठाई और मजाक उड़ाने के अंदाज़ में बोली, "गौरी, तुम अपने पति को किसी डॉक्टर के पास क्यों नहीं ले जाती, वो पूरी तरह पागल हो चुका है, मेरी बात मानो तुम।"

गौरी ने अपना सिर झुका लिया। धीरे से वो आगे बढ़ी, उसने अपने पति की बांह पकड़ी और उसे खींचते हुए सामने के दरवाज़े की तरफ़ ले गई।

बबलू ने दरवाज़े के पीछे लगे हुक में अपनी कमीज़ और स्लेटी रंग की पैंट टांगी और एक जालीदार बनियान और पुराना पाजामा पहन लिया। वो सीमेंट की फर्श पर पालथी मारकर बैठ गया और इंतज़ार करने लगा कि कब गौरी स्टील की थाली में उसके लिए ज़मीन पर खाना परोसे।

अंदर आने के बाद से गौरी ने एक शब्द नहीं कहा। दोनों पति-पत्नी के बीच काफ़ी देर तक कोई बातचीत नहीं हुई, बस गुस्से में अंदर-बाहर आती-जाती हुई गौरी की हरी चूड़ियों के खनकने की आवाज़ ही इस खामोशी को तोड़ती रही।

गुस्से में भरी गौरी ने एक थाली में ढेर सारा चावल, गोभी की सब्ज़ी और प्याज़ के कुछ टुकड़े रखकर बबलू के सामने लगभग पटक सा दिया। बबलू ने पत्नी के चेहरे की तरफ़ ऐसे देखा जैसे वो इस रवैए की वजह जानना चाहता हो।

लगभग एक साल पहले गौरी बबलू के लिए बिल्कुल अजनबी थी और अब वो उसकी जीवन संगिनी बन चुकी थी, एक ऐसी इंसान जिससे उम्मीद होती है कि वो अपने पति के हर सुख और दुख में उसके साथ खड़ी रहे।

गौरी एक साधारण चेहरे-मोहरे वाली लेकिन गठे शरीर की छोटे कद की महिला थी, उसकी गहरी भूरी आंखें और घनी भौहें थीं। लेकिन उसके चेहरे की सबसे बड़ी खासियत थी उसकी मुस्कान। वो जब मुस्कराती थी तो उसके होंठों के बीच के दो दांत नज़र आने लगते थे और वो बिल्कुल मासूम बच्ची की तरह लगती थी। बबलू जब गौरी के घर पर उससे पहली बार मिला था तो ये मुस्कान ही थी जिसे उसने सबसे पहले गौर किया था। वो मुस्कान ऐसी थी कि कई हफ्तों तक वो उसे भुला नहीं पाया था।

बबलू ने गौरी का हाथ पकड़ा और उसे अपने पास बैठा लिया और बोला, ''गौरी, ये सब बंद करो और यहां आओ।'' और जब गौरी ने कोई जवाब नहीं दिया तो उसने पूछा, ''क्या तुम्हें भी यही लगता है कि मैं जो कुछ भी कर रहा हूं वो गलत है।'' आखिरकार गौरी ने उसकी तरफ़ निगाहें उठाईं और बोली, ''इससे कोई फर्क नहीं पड़ता है कि जो तुम कर रहे हो वो गलत है या सही लेकिन भगवान के लिए अब ये सब बंद कर दो। पूरे गांव में हर आदमी कह रहा है कि तुम्हारा

दिमाग फिर गया है। अब तुम सच जानना चाहते हो तो सुनो, यहां तक कि तुम्हारी मां भी गोरख बाबा के पास गई हैं, कि वो तुम्हारे दिमाग का कोई इलाज बता सकें।''

बबलू ने लंबी सांस ली, और बोला, ''अब तुम लोगों को तो समझाने का कोई फायदा ही नहीं।'' उसने चुपचाप अपना खाना ख़त्म किया और बहुत ही थका हुआ और निढाल सा महसूस करने लगा। हालांकि अभी उसकी बड़ी इच्छा थी कि थोड़ा लेटकर आराम कर ले लेकिन फिर उसने सोचा कि यही सही वक्त है कि अपना काम इसी समय पूरा कर लिया जाए। इस समय सारी सड़कें खाली थीं और लोग भी दोपहर की गरमी की वजह से अपने-अपने घरों में आराम कर रहे थे।

बबलू खड़ा हो गया उसने कमरे के कोने में रखी अपनी पुरानी गोदरेज की आलमारी में मौजूद कपड़ों को खंगालते हुए सैनिटरी नैपकिन तलाशे और उन्हें उस ख़ास अंडरवियर में छुपा लिया जो उसने इसी मकसद से खरीदे थे (ये अंडरवियर वैसे नहीं थे जैसे वो पहनता था, ये ढीले-ढाले धारीदार थे जो बिल्कुल उसके घुटने तक जाते थे)। इसके बाद उसने एक रबड़ का थैला लिया जिसमें पहले से घर में लाकर रखे हुए एक प्लास्टिक बैग से उसने खून भर लिया। इसके बाद उसने इसमें एक ट्यूब डाली और इसके एक सिरे को टेप

से अपने कूल्हों के निचले हिस्से में चिपका लिया, उसमें मालूम था कि इसे निकाले जाने पर उसे दर्द होने वाला है।

ट्यूब के दूसरे हिस्से को उसने अपनी अंडरवियर में छिपा लिया। इसके बाद उसने पैंट चढ़ाई और ऊपर अपनी कत्थई शर्ट डाल ली। उसने गौरी को आवाज़ लगाई, ''गौरी, वर्कशाप में मेरा कुछ काम अधूरा रह गया है। मैं एक आध घंटे में लौटता हूं।'' ये कहते हुए वो घर से बाहर आ गया।

बबलू ने चारों तरफ़ घूमते हुए रबर ब्लैडर को खूब दबाया ताकि खून सारे सैनिटरी नैपकिन तक पहुंच जाए। इसके बाद अगले आधे घंटे के भीतर उसके शरीर से अजीब सी गंध आने लगी।

हालांकि उसे हैरानी हुई जब उसने देखा कि ट्यूब का नीचे का हिस्सा नैपकिन से खिसक गया था और इसकी वजह से उसके जांघों के जोड़ के पास काफ़ी खून अंडरवियर पर लग गया था। वो चाहता था कि जल्दी से घर लौट जाए इससे पहले कि कोई उसे देख लेकिन उसने सोचा कि अगर गौरी देख लेगी कि उसकी पैंट में खून लगा है तो फिर घर में महाभारत छिड़ जाएगा। वो भाग करके पास के कुएं के पास गया ताकि वहां पानी से अपनी पैंट के दाग पोछकर तब घर जाए।

कुआं सुनसान पड़ा था सिवाए तीन कुत्तों के शोर के कुछ नहीं था जो एक मरे हुए चूहे के लिए झगड़ रहे थे और पास में ही एक मुर्दा सी

लगने वाली बकरी लेटी हुई थी। उसने अपनी पैंट उतारी और जैसे ही वो खून के दाग धोने के लिए बैठा तभी उसने देखा कि पारुल की छोटी बहन लता कुएं की तरफ़ टहलती हुई आ रही थी।

जैसे ही वो पास पहुंची, उसने हैरानी भरे अंदाज में बबलू की तरफ़ देखा। बबलू ने खड़े होने की कोशिश की और अपनी गीली पैंट ऊपर कर ली लेकिन गलती से उसके हाथ से ब्लैडर दब गया और काफ़ी खून निकलकर नीचे कुएं की ज़मीन और नज़दीक ही लेटी बकरी के पास फैल गया।

लता ये मंज़र देखकर एक पल के लिए हैरान खड़ी रही। इसके बाद वो चीखने लगी और तेज़ी से शोर मचाने लगी जिससे पास ही खेत में घास चर रहा गायों का झुंड और किलोमीटर भर दूर खुले खेतों में शौच कर रहे कुछ छोटे बच्चे उधर की ही तरफ़ देखने लगे।

अगले दिन पूरे गांव में तरह-तरह की अफ़वाहें फैली हुई थीं। बबलू एक ऐसे राक्षस के रूप में कुख्यात हो गया था जो कुंवारी लड़कियों का खून पीने पर आमादा था। उसको बकरियों के साथ घिनौनी हरकत करने वाला मान लिया गया था। पारुल ने लता को हर पड़ोसी के सामने ऐसे पेश किया था जैसे वो बस भगवान की दया से ही बबलू के शैतानी इरादों से बच पाई हो।

ये सब सुनने के बाद पागलों की तरह रो रही गौरी ने तुरंत अपने

भाई को संदेश भेज दिया कि वो उसे हमेशा के लिए मायके ले जाने के लिए आ जाए।

2

बबलू कोई शैतानी या पिशाच नहीं था और अचानक हड़बड़ी में बकरी के ऊपर खून गिरा देने के अलावा उसकी किसी जिस्मानी गतिविधि में कोई दिलचस्पी नहीं थी। वो एक मामूली वेल्डर था और उसकी ज़िंदगी में इतना भूचाल सिर्फ़ इसलिए आ गया था क्योंकि वो गौरी को एक तोहफ़ा देना चाहता था।

बबलू और गौरी की शादी परिवार वालों की मर्ज़ी से हुई थी। दोनों की मुलाक़ात सिर्फ़ एक ही बार घरवालों की मौजूदगी में हुई थी।

नीले और सुनहरे रंग की साड़ी में खूब गहरा मेकअप करके सजी-धजी गौरी को एक छोटे से कमरे में इस लंबे और पतले से अजनबी के साथ बैठा दिया गया था जो उसका होने वाला दूल्हा था।

बबलू को वास्तव में कुछ समझ में ही नहीं आया था कि ये कौन प्राणी है जो उसके आगे सिर झुकाए और आंखें नीची किए हुए बैठी थी। वो उसकी तरफ़ लगातार देखे जा रहा था कि तभी गौरी की बगल में बैठी उसकी छोटी भतीजी ने गौरी के कान में जाने क्या बोला कि वो हंस पड़ी। हालांकि उसने तुरंत हंसी रोक ली लेकिन उसकी चमकती

आंखों में वो मुस्कान देर तक झलकती रही।

कंचन बुआ ने, जो गौरी की चाची थी, मेज़ पर रखी आलू की कचौड़ियों और जलेबियों की तरफ़ इशारा करते हुए बबलू की मां से कहा, ''भैरवी जी, मैंने कहा था ना कि गौरी बहुत अच्छा खाना बनाती है। उसने आपके लिए कचौड़ियां बनाई हैं, जरा चख करके तो देखिए।''

बबलू की मां ने आराम से चाय पी और फिर गरमा-गरम कचौड़ियां चखीं। वो गौरी को ऐसे देख-परख रही थीं जैसे वो पटरी बाज़ार में टमाटर खरीद रही हों, और उसने में कुछ उठाने से पहले उलट-पलट कर और दबा-दबाकर तसल्ली कर लेना चाहती हों कि कहीं सामान खराब तो नहीं है।

कुछ पलों की खामोशी के बाद भैरवी केवट आखिरकार बोलीं, ''कंचन जी आप बिल्कुल सही हैं, कचौड़ियां वास्तव में बहुत स्वादिष्ट हैं।'' इसके बाद सारा मामला तय मान लिया गया था।

बबलू की रज़ामंदी और उससे कहीं ज़्यादा उसकी मां की रज़ामंदी के बाद एक खत भेज दिया गया। और फिर मार्च में एक दिन छोटे से समारोह के बाद गौरी मिसेज प्रभाष राम केवट बन गईं, ये बबलू का असली नाम था जो राशन कार्ड जैसे सरकारी दस्तावेज़ों के अलावा और कहीं इस्तेमाल नहीं होता था।

3

शादी के कुछ महीनों बाद तक बबलू गौरी के लिए तोहफ़े लाकर उसे ख़ुश करने की कोशिश करता था, वो उससे आंखें बंद करने को कहता और फिर उसके हाथों में कुछ रख देता, जैसे कि चार चूड़ियां, बिंदी का एक पत्ता, या फिर फाइव स्टार चॉकलेट। ये सारे तोहफ़े बड़े ही करीने से पैक किए होते, कई बार हरी पत्तियों के भीतर तो कई बार पुराने अखबारों के चमकदार टुकड़ों के भीतर।

परिवारवालों की मर्ज़ी से की गई शादियों में भी एक ख़ास बात होती है कि आप एक बिल्कुल अजनबी इंसान से शादी करते हैं और फिर धीरे-धीरे इरादतन उसके साथ प्यार करने की कोशिश करते हैं। इस अजीब से प्रयोग में ये भी ध्यान देना होता है कि शुरुआती दौर में दोनों ही इंसान अपना सबसे बेहतर पक्ष दिखाने की कोशिश करें। पति ऐसी चीज़ें न करें जिससे पत्नी को अजीब लगे जैसे कि सबसे सामने ही जांघ के पास खुजलाने लगना और पत्नियां अपनी सास को ख़ुश कर लें, जो कि पहले तो बड़ी आम औरतों की तरह रहती हैं लेकिन जैसे ही बहू घर में आती है तो हर चीज़ को बिल्कुल परफेक्ट तरीके से किए जाने की उम्मीद करने लगती हैं।

बबलू राम केवट की सजावटी तरीके से तोहफ़े देने के पीछे की कोशिश इस शादी में रिश्तों की गर्माहट लाने की थी, जो कि अभी तक

सिर्फ़ एक जात और हैसियत की नींव पर खड़ी चारदीवारी की तरह थी। उसकी कोशिशें रंग भी लाने लगी थीं, क्योंकि गौरी को जब भी कोई तोहफ़ा मिलता तो वो बच्चों की तरह मुस्करा देती थी और वर्कशॉप से थक हारकर घर लौटे बबलू के लिए उसकी मुस्कान भी किसी तोहफ़े से कम नहीं होती थी।

4

सुबह के सूर्य की किरणें लकड़ी की खिड़की की दराज़ों से कमरे के अंधेरे कोनों से टकराती हुई बबलू की आंखों पर पड़ीं। उसने अलसाते हुए अपनी आंखें खोलीं और जम्हाई लेते हुए अंगड़ाई ली जिससे उसकी बनियान के दो छेद नज़र आ गए।

उसकी मां और छोटी बहन शालू इस समय किचन में चाय पी रहे थे और उसे भी एक चाय का प्याला थमा दिया गया। वो पीछे आंगन की तरफ़ गया तो उसने देखा कि गौरी तेज़ी से गुसलखाने की तरफ़ जा रही थी और उसके हाथ में खून से सना हुआ एक पुराना कपड़ा था।

परेशानी भरे लहजे में उसने पूछा, ''गौरी क्या हुआ? तुम्हारा हाथ कट गया क्या? मुझे दिखाओ।''

उसने गौरी का हाथ पकड़ा और वो इससे पहले कि वो कुछ समझ पाती, उसके हाथ से वो कपड़ा ले लिया। शर्मिंदगी से अचकचाते हुए

उसकी पत्नी ने उसका हाथ झटक दिया। बबलू ने अपनी पत्नी और उसके हाथों में मौजूद खून सने कपड़े को हैरानी के साथ देखा और फिर उसकी आंखों में सब समझ जाने का भाव आ गया।

गौरी ने चुपचाप वो कपड़ा उससे ले लिया और फिर गुसलखाने में चली गई। बाद में जब उसने देखा कि बबलू अभी भी उसके कमरे में मौजूद है तो वो उसे अनदेखा करते हुए कुछ काम करने में ख़ुद को व्यस्त दिखाने लगी, उसने दीवार पर लगे छोटे से शीशे में देखते हुए अपने बाल काढ़े, उसके बाद सामने आलमारी पर मौजूद एक नारंगी रंग के डिब्बे से निकालकर चेहरे पर क्रीम लगाने लगी।

बबलू ने उससे पूछा, ''गौरी, क्या मैं तुमसे एक सवाल पूछ सकता हूं कि वो क्या तुम वो कपड़ा इस्तेमाल करती हो जो अभी मैंने तुम्हारे हाथ में देखा है, मतलब वो लड़कियों वाली दिक्कत के लिए...''

गौरी ने हिचकिचाते हुए सिर हिला दिया और इससे पहले कि बबलू कुछ और सवाल पूछता, पीछे आंगन से बबलू की मां ने आवाज़ लगा दी, ''बबलू, मैं रचना के घर जा रही हूं और शायद रात में वहीं रुकूंगी। उसका पति अभी भी अहमदाबाद से नहीं आया है और पिंटू को मातारानी निकली हैं। और हां, सुनो, वो पूछ रही थी कि क्या तुम अपना काम ख़त्म करके उसका ब्वायलर ठीक करने के लिए उसके घर आ सकते हो।''

बबलू ने जवाब दिया, "ठीक है मां, मैं उसके घर छह बजे पहुंच जाऊंगा।" इस पर भैरवी केवट ने फिर कहा, "अरे बबलू, ये तुम्हारे कुत्ते ने सीढ़ी के पास पूरी गंदगी मचा रखी है, गौरी से कहना कि इसे साफ़ कर दे।"

वो बुदबुदाया, "ठीक है मां।" और फिर एक पुराना अख़बार लेकर ख़ुद ही उसे साफ़ करने चला गया।

देवास में अपनी वर्कशॉप की तरफ़ साइकिल चलाकर जाते हुए उसे ट्रैफिक की लाइट पर पंद्रह मिनट का इंतज़ार करना पड़ा। उसके सामने खड़ी पुरानी लाल बस आगे नहीं बढ़ रही थी क्योंकि उसका ड्राइवर किसी रिक्शेवाले के साथ बहस में उलझा हुआ था और इस वजह से वहां जाम लग गया था।

इसी बीच एक बूढ़ी भिखारन उसके पास आई, जिसके बाल बिखरे हुए थे, जिसका पूरा शरीर धूल में लिपटा था और जिसने फटे-पुराने कपड़े पहने थे। उसे देखकर बबलू को काफ़ी बुरा लगा और उसने अपनी जेब से एक रुपए का एक सिक्का निकालकर उसके हाथ में मौजूद कटोरे में डाल दिया।

बबलू ने उस महिला को सामने मौजूद एक ऑटोरिक्शे के पास जाकर काफ़ी देर तक उसके ड्राइवर से बात करते हुए देखा। जैसे ही वो वहां से हटी, उसने सुना कि ड्राइवर ने कहा, "हां ठीक है मांजी।"

उत्सुकतावश उसने ड्राइवर से पूछा, ''तुम उसको जानते हो क्या।''

ड्राइवर ने जवाब दिया, ''हां, वो इस रिक्शे की मालकिन है और ऐसे उसके पास दो और रिक्शे हैं, वो मुझसे कह रही थी कि आज रात को इसे किसी छप्पर वाली जगह पर खड़ा करना क्योंकि ऐसा लगता है कि बारिश होगी।''

बबलू ज़ोर से हंसा, ''बोला, भइया, अब मैं और क्या कहूं, बस यही लगता है कि मैं ही गलत धंधे में आ गया हूं।''

वो काम पर देर से पहुंचा और जाते ही दुकान का शटर उठाया जहां पर तीन कर्मचारी पहले से उसका इंतज़ार कर रहे थे। उसने इस वर्कशाप पर छह साल पहले काम करना शुरू किया था, पहले वो सिर्फ़ मालिक शांताराम सेठ के लिए चाय और तंबाकू लाने का काम करता था और फिर धीरे-धीरे उसने वेल्डिंग का काम सीख लिया और यहीं काम करने लगा।

जब शांताराम सेठ ने जमकर शराब पीनी शुरू कर दी तो बबलू ने हमेशा सुनिश्चित किया कि वो हर रात सही सलामत अपने घर पहुंच जाएं, यहां तक कि कई बार जब वो सड़क के किनारे धुत पड़े रहते थे तो वो उन्हें अपनी पीठ पर उठाकर उनके घर ले गया। हालांकि बाद में जब वर्कशॉप पर कर्ज़ ज्यादा हो गया तो कर्ज़ चुकाते हुए उसने दो साल पहले से पूरा धंधा ख़ुद संभालना शुरू कर

दिया और इसे धीरे-धीरे बढ़ाने लगा।

उसे मशीनों के साथ काम करने में मज़ा आता था और हालांकि वह पढ़ाई ठीक से नहीं कर पाया था लेकिन उसे अभी भी अपने विज्ञान की शिक्षक का नाम अच्छी तरह याद था, मिसेज बी. शर्मा और उसे वो प्रोजेक्ट भी याद है जो उसने उनकी निगरानी में बनाया था, और वो था एग इन्क्यूबेटर।

लेकिन जब बबलू के पिताजी का देहांत हो गया और मां अकेली रह गई तो उसने स्कूल छोड़ दिया और मां की मदद के लिए काम करना शुरू कर दिया।

बबलू शुरुआत से ही हंसमुख और उम्मीदों से भरा इंसान था, उसके अंदर किसी के लिए कोई कड़वाहट नहीं थी और ख़ुद के लिए भी उसे लगता था कि भले ही उसने ज़्यादा पढ़ाई न की हो लेकिन आज अपनी मेहनत से वो अच्छा काम कर रहा था। उसे बस कर्ज़ का कुछ हिस्सा देना बाकी था और उसके बाद वो आसानी से एक नया स्कूटर खरीदने के लिए पैसे जमा कर सकता था।

उस शाम को अपने कारखाने से घर वापस आते समय बबलू ने गौरी को एक और चौंका देने वाला तोहफ़ा देने की सोची। उसने अपनी साइकिल एक जनरल स्टोर के सामने रोकी जिस पर बड़ा सा बोर्ड लगा हुआ था, जीके पंडित एंड सन्स। काउंटर पर पहुंचकर उसने

दुकान के मालिक को बुलाया, "गंजकरन भइया, मुझे एक पैकेट लेना है...उसका...वो जो इस्तेमाल करती हैं ना..." उसे समझ में नहीं आ रहा था कि वो उस सामान को किस नाम से पुकारे, हालांकि उसके तमाम विज्ञापन वो आए दिन टेलीविज़न पर देखता रहता था।

पसीने से तरबतर गंजकरन ने सामने चल रहे छोटे पंखे का मुंह अपनी ओर मोड़ा और हंसते हुए बोला, "बबलू, सीधे कॉन्डोम बोलो ना, इतना हकलाने में वक्त क्यों बर्बाद कर रहे हो।" इसके बाद उसने एक छोटा-सा काला पैकेट निकाला जिसपर कामसूत्र लॉन्गलास्ट लिखा था और उस पर एक दूसरे से लिपटे मर्द और औरत की तस्वीर बनी थी।

"नहीं गंजकरन भइया, दूसरा वाला पैकेट, जो औरतें इस्तेमाल करती हैं, तुम जानते हो ना, महीने के दिनों में।" गंजकरन खीस निपोरते हुए बोला, "अच्छा सैनिटरी पैड। वाह भाई, तुम्हारी बीबी ने तुम्हें तो पिल्ला बना दिया और तुमको ये सब सामान ढोने के काम में लगा दिया।"

बबलू के चेहरे के भाव देखकर उसे लगा कि शायद उसने ऐसा बोलकर धंधे के उसूल को तोड़ दिया कि ग्राहक के साथ अच्छा व्यवहार करना चाहिए, उसने तुरंत जोड़ा, "मैं तो मज़ाक कर रहा था, बताओ कौन से ब्रांड का चाहिए।"

अब बबलू उलझन में पड़ गया। ऐसा उसके साथ पहले कभी हुआ नहीं था कि उसको ब्रांड चुनने पड़े। उसने गंजकरन से कहा कि जो भी उसे सबसे अच्छा ब्रांड लगे उसको दे दे।

गंजकरन ने नीचे डिस्प्ले काउंटर पर रखे लक्स साबुन के बार, पैराशूट तेल की बोतलों और पेन-पेंसिलों के ढेर के बीच रखे पैकेटों में से एक निकाला।

अपनी नाक-भौं इस तरह सिकोड़ते हुए कि जैसे उसके हाथों में कई दिन पुरानी बिल्ली की लाश हो, उसने तेज़ी से उसे एक अख़बार के टुकड़े से लपेटा, कई रबरबैंड उस पर चढ़ाए और फिर प्लास्टिक की एक काली पन्नी में उसे डाल दिया। बबलू इसका दाम देखकर हैरान रह गया। उसने जेब से चालीस रुपए निकाले और उसे दे दिए।

उसने साइकिल चलाते हुए अपनी बहन रचना के घर का रुख क़िया क्योंकि उसे बताया गया था कि नीम की पत्तियां इकट्ठा करके उसे अपने भांजे पिंटू के लिए लेकर जाना था जिसे इस समय छोटी चेचक निकली हुई थी जिसे गांव में छोटी माता कहते थे।

उसे वो समय याद आ गया जब बचपन में उसे भी यही बीमारी हुई थी। उसन लाल दर्द भरे दानों की याद करके वो इस समय भी कांप उठा, क्योंकि उनमें बहुत खुजली होती थी। उस समय उसके पिता ने पानी में नीम की पत्तियां उबाल कर उससे बबलू को नहलाया था।

नीम की पत्तियों से और उसके पिता की देखभाल से उसके दाने काफ़ी ठीक हो गए थे।

राम केवट एक जुलाहा था जो घर से ही कपड़े बुनने का काम करता था और जहां एक ओर उसकी पत्नी भैरवी अपने तेज़ स्वभाव और प्यार भरे व्यवहार दोनों के तालमेल से घर पर अपना दबदबा रखती थी तो उसके उलट राम केवट का स्वभाव नर्म था। हालांकि बबलू के पिता रामकेवट के देहांत को नौ साल हो गए थे लेकिन शायद ही कोई दिन गुज़रता हो जब उसे पिता की याद न आती हो।

वो एक छोटी-सी गंदी सड़क पर मुड़ा जहां झाड़ियों ने रास्ते को और तंग बना दिया था। वो इसके आखिरी हिस्से में पहुंचा जहां झाड़ियां ख़त्म हो गई थीं और नीम के पेड़ थे, उसने दो बड़ी टहनियां तोड़ीं जिसमें ढेर सारी पत्तियां थीं और उसे सैनिटरी नैपकिन वाली काली थैली में ही भर लिया।

जब उसके हाथ उस बड़े से पैकेट से टकराए तो उसने उत्सुकतावश उसे देखना शुरू किया। अख़बार का कवर हटाकर उसने वो प्लास्टिक का पैकेट खोला और उसमें से एक कॉटन पैड निकाल लिया।

पहले उसे सैनिटरी पैड को बड़े हल्के से हाथ लगाते हुए देखा जैसे किसी नए जानवर को छूते हैं कि कहीं वो जग जाए और हाथ न काट ले। एक बार इसे चारों तरफ़ से देखने के बाद उसे लगा कि ये सिर्फ़

एक कपड़े का टुकड़ा है जिसमें जालीदार कपड़े की एक पट्टी लगी थी। उसने इसे अपनी हथेली पर रखा और इसके वज़न का अंदाज़ा लगाने लगा। दस ग्राम...उसने ख़ुद से कहा।

अपने पिता को सूत की लोइयों के साथ काम करते हुए उसने बचपन से देखा था, और उसे अच्छी तरह पता था कि इतनी रूई तो महज दस पैसे की होगी। लेकिन उसे इस पैड के लिए चालीस रुपए ख़र्च करने पड़ रहे थे। उसने वो सैनिटरी पैड वापस पैकेट में रख दिया।

~

भैरवी केवट और रचना आंगन की सीढ़ियों पर बैठे थे। वो रचना के बगीचे की तरफ़ देख रहे थे, उसके टूटे हुए गेट के पार, उस सड़क की तरफ़ जिसपर हॉर्न बजाती हुई दोपहिया गाड़ियां गुज़र रही थीं। रचना गुस्से में बोली, ''अब ये बबलू कब समय पर पहुंचेगा? हमारे स्कूल के दिनों से लेकर अब तक मुझे हमेशा उसके लिए इंतज़ार करना पड़ता है।''

जब उसकी मां के चेहरे पर सौम्यता बरकरार रही तो रचना ने फिर से बोलना शुरू किया, ''अरे मैं, मैं तो तुम्हें बताना ही भूल गई थी कि पिछले मंगलवार को जब तुम दुर्गा मौसी के घर गई थी तो मैं बाज़ार के लिए निकली थी और वहीं से घर चली गई थी।''

गौरी तो बस बैठी हुई थी और रेडियो सुनने में मशगूल थी। ''और

मैं तुमसे कह रही हूं मां कि ज़रा उस पर सख़्ती करो। तुम्हें तो पता ही है कि मुझे हर काम बिल्कुल सही तरीके से करने की आदत है। जब वो मुझे पानी दे रही थी ना तो मैंने उसी बीच दरवाज़े के पल्ले पर हाथ लगाया और खिड़की को छूकर देखा तो तुम यकीन नहीं करोगी कि मेरी उंगलियों पर ढेर सारी धूल और गंदगी लग गई। भगवान जाने ये औरत सारा दिन बैठे-बैठे सपने देखने के अलावा क्या करती है।''

इससे पहले कि भैरवी केवट कुछ जवाब दे पाती, उसे बबलू दिख गया। बबलू ने टूटे हुए गेट को धकेला और अंदर आने के बाद बंद कर दिया। आते ही उसने कहा, ''पूरी प्लेट दो हिस्सों में टूट गई है, तुमको मुझे पहले बताना चाहिए था। मैं कल कारखाने से वेल्डिंग का सामान ले आऊंगा। अब तुम मुझे अपना वो बेशकीमती कुकर दिखा दो।''

उसने नीम की पत्तियां अपनी मां के हाथों में दीं, उसके बाद कुकर चेक किया और कुछ देर तक उससे कुछ छेड़छाड़ करने के बाद उसने मुस्कराते हुए अपनी बहन से कहा, ''ये अभी तो तुम्हारा काम चलाने लायक हो गया है लेकिन मैं ये गारंटी नहीं लेता हूं कि ये फिर से नहीं टूटेगा। मैं तो कहूंगा कि इस कुकर की लंबी उम्र के लिए तुम सोमवार का व्रत रखना शुरू कर दो क्योंकि अब तो इसका भगवान ही मालिक है।''

इसके बाद बहन शालू के साथ लूडो खेल रहे अपने भांजे को ये

भरोसा दिलाते हुए कि उसके लाल दाने जल्दी ही ठीक हो जाएंगे और उनमें खुजली भी नहीं होगी, बबलू ने रचना से जल्दी घर जाने की बात कहते हुए विदा ली। वो फटाफट घर पहुंचकर अपनी पत्नी को ख़ास तोहफ़ा देना चाहता था।

5

''पहले अपनी आंखें बंद करो और अपना हाथ मेरे हाथों में दो,'' बबलू ने कहा। ''अब ज़रा अंदाज़ा लगाओ कि मैं तुम्हारे लिए क्या लया हूं।''

गौरी ने अपने हाथ पैकेट के ऊपर फिराए, उसकी उंगलियां अख़बार के कागज़ को टटोलती रहीं और वो अंदाज़ा लगाती रही, ''ये तो साड़ी है, क्या ये वही नीली वाली साड़ी है जो मैंने उस दिन जगन्नाथ साड़ीवाले की दुकान पर तुम्हें दिखाई थी।'' और फिर उसने उत्सुकतावश कागज़ फाड़ दिया और अपनी आंखें खोल लीं।

''ये क्या, ये तो सैनिटरी पैड है, और इसका पैकेट खुला क्यों है?'' उसने अचकचाते हुए पूछा।

बबलू को गौरी की इस प्रतिक्रिया से थोड़ी निराशा हुई। उसने भुनभुनाने वाले अंदाज़ से कहा, ''मैंने पैकेट खोल दिया था, क्योंकि पहले मैंने कभी पैड नहीं देखा था। मुझे लगा कि शायद तुम्हें सेनिटरी

पैड के बारे में पता नहीं होगा। मैं ये तुम्हारे लिए लाया हूं गौरी ताकि अब तुम सिर्फ़ यही इस्तेमाल करो, न कि वो गंदे कपड़े।''

गौरी ने हिचकिचाते हुए कहा, ''बिल्कुल, मैं पैड के बारे में तो जानती ही हूं। मैंने भी तुम्हारी तरह इसके बहुत सारे विज्ञापन देखे हैं जिसमें एक लड़की सफेद कपड़े पहनकर घास पर कूदती रहती है। लेकिन अगर मैं और शालू ऐसे पैकेट हर महीने खरीदती रहतीं ना तो घी और दही की बात तो छोड़ दो हमारे पास दूध खरीदने के भी पैसे नहीं रहते।''

बबलू ने निराश निगाहों से उसे देखा, उसका सारा उत्साह ठंडा पड़ गया था। फिर तभी अचानक वो हंस पड़ी और उसका हाथ जैसे अपने आप बबलू की तरफ़ चला गया और उसने हल्के से उसका गाल छू लिया।

गौरी को ये समझने में कुछ मिनट लग गए कि ये उसे ख़ुश करने का बबलू का अपना मासूम अंदाज़ था कि कम से कम छोटी-छोटी बातों के बहाने ही सही वो उसे चौंका सके और उसके चेहरे पर हंसी देख सके।

और फिर पुरानी औरतों के उलट जो पीरियड्स के दिनों में पति के करीब न जाने की बातें करती थीं, वो दोनों तो मां और शालू की गैरमौजूदगी का पूरा फायदा उठाते थे जिसका गवाह बनता था वो

पतला गद्दा जो दोनों के छोटे से बेडरूम के बीच दीवार का काम करने वाली उस फूलों की डिज़ाइन वाली चादर के पीछे पड़ा रहता था।

अगले दिन काफ़ी धूप चढ़ आने के बाद बबलू ने अपने कारखाने का दरवाज़ा खोला। इसके बाद वो फौरन मेन मार्केट चला गया।

वापस लौटते समय उसने साइकिल घुमाई और फिर उस झाड़ियों वाली गली के सिरे पर मौजूद नीम के पेड़ के पास चला गया जहां से वो भांजे के लिए नीम की पत्तियां लेता था और वहीं पर रुक कर उसने अपने अगले प्रोजेक्ट के बारे में काम शुरू करने का फैसला किया।

उसने अपने बैग से कैंची, सुई और धागा, रूई और मलमल का कपड़ा निकाला और रूई को अपने हाथों में फैलाकर तह लगाने लगा, ठीक वैसे ही जैसे रोटी बेलते हैं। पास के एक पेड़ से दो बड़ी पत्तियां लेकर उसने उनको रूई उनके बीच में रखा दिया और ज़ोर लगाकर उसे फैलाकर बराबर कर दिया। इसके बाद उसने अच्छी तरह तह की गई रूई को मलमल के कपड़े में लपेटकर चारों तरफ़ से सिल दिया। अभी उसे पहली बार नैपकिन को हाथ लगाए हुए महज़ चौबीस घंटे ही बीते थे लेकिन एक तरीके से बबलू ने अपना ख़ुद का पैड तैयार कर लिया था।

इस उपलब्धि पर उत्साहित होकर वो घर लौट गया। उसने अपनी पत्नी को बरामदे में खड़े होकर उसका इंतज़ार करता पाया। उसने

गौरी को बांहों में ले लिया और उसके हाथों में अभी-अभी तैयार किया हुआ सैनिटरी पैड देते हुए बोला, ''गौरी जल्दी अंदर जाओ, इसे लगाकर देखो और फिर मुझे बताओ कि ये कैसा है। वो साले मल्टीनेशनल कंपनी वाले लोगों का खून चूसते हैं, कौड़ी के दाम वाली ज़रा सी रूई की इतनी महंगी कीमत वसूलते हैं। मैंने ये पैड सिर्फ़ पचास पैसे की लागत से बना दिया है। जाओ और ज़रा इसे ट्राई करके देखो।''

गौरी हैरान हो गई हालांकि उसने सहमति में सिर हिलाया, ''ठीक है, लेकिन अभी नहीं बल्कि कुछ हफ्तों के बाद।'' ये कहते हुए वो किचन की तरफ़ चली गई।

बबलू सन्न रह गया। गौरी के पीछे-पीछे जाकर उसने लगभग गुज़ारिश करने वाले अंदाज़ में कहा, ''नहीं नहीं एक हफ्ते के बाद क्यों, अभी इसे इस्तेमाल करके देखो ना।''

वो उसकी ओर मुड़ी और बोली, ''ये कोई सीलिंग फैन तो है नहीं कि मैं इसे स्विच करके ऑन और ऑफ़ कर सकती हूं। अब तो पीरियड ख़त्म हो गए हैं, कल तो आखिरी दिन था। अब तुम्हें अगले महीने तक इंतज़ार करना पड़ेगा।''

6

आज दशहरे का दिन था। रावण के पुतले को जलाए जाने का धुआं और उससे छूटते पटाखों की आवाज़ शाम के आसमान में नज़र आ रही थी। मोहना गांव की गलियों में लोग अच्छे-अच्छे कपड़े पहनकर घूम रहे थे और रामलीला का नाटक देखकर वापस लौट रहे थे।

गौरी, बबलू और उसका दोस्त अकरम भी घर वापस आ रहे थे। रास्ते अंधेरा और सुनसान था, इसी दौरान बबलू ने बादलों के पीछे छिपे चांद की बातें शुरू कर दीं। अकरम जो कि दोनों के पड़ोस में रहने वाला एक कसाई था और कविता का शौकीन भी, उसने तुरंत ही अपनी लाइनें गुनगुनानी शुरू कर दीं।

चांद का ये रूप सलोना
ख़ुद पर है क्यूं इतराता
सूरज का गर साथ न मिलता
तो बस पत्थर का टुकड़ा कहलाता

अकरम को लगा कि इन श्रोताओं ने उसकी रचना को ख़ास तवज्जो नहीं दी, वो बोला, "अभी कोई मेरी कविताओं पर ध्यान नहीं देता है लेकिन एक बार मेरी कविता दैनिक भास्कर में छप जाए ना, अल्लाह कसम हर किसी की ज़ुबान पर मेरा ही नाम होगा।"

बबलू ने अपनी बांह अकरम के कंधे पर दोस्ताना अंदाज़ में रखते

हुए कहा, ''अकरम भाई, ये कोई बड़ा काम नहीं है। बस किसी से कुछ पैसे उधार लो और फिर रफूचक्कर हो जाओ। देखना सारे बाज़ार में लोग कहेंगे, कहां है वो साला अकरम, क्या तुमने उस अकरम को देखा है, जैसे ही दिखे मुझे बताना या फिर कि अगर मैं अकरम को पकड़ लूं ना तो मैं उसकी छुरी उसी के पेट में घोंप दूंगा।''

अकरम का तो मुंह बन गया और गौरी हंस पड़ी, इसके बाद तो बबलू की भी हंसी रोके नहीं रुकी।

जब अकरम अपने घर की तरफ़ मुड़ गया तो बबलू और गौरी चुपचाप अपने घर की तरफ़ चलने लगे। कई बार उनके कंधे आपस में टकराए, उनके हाथ अनचाहे ही एक दूसरे से रगड़ खा गए। वो रात बिल्कुल शांत थी। जाड़ा दस्तक दे चुका था और हवा की ठंडक के चलते गौरी को लगा कि उसे शॉल लेकर निकलना चाहिए था।

उसने बबलू से पूछा, ''अच्छा ये बताओ तुम्हें कौन-सा रंग पसंद है। मैं तुम्हारे लिए एक स्वेटर बनाना चाहती हूं, तुम्हें हाफ स्वेटर चाहिए या फिर फुल।'' उसने बबलू को अपनी दादी के बारे में बताया जो रंगीन ऊन के गोले लेकर स्वेटर बुनने बैठ जाती थीं और स्वेटर बुनने में इस्तेमाल होने वाली सलाइयों से स्वेटर तो बुनती ही थीं और जब उनकी बात पर कोई ध्यान न दे तो उसके बदन में कोंच भी देती थीं।

बबलू ये सुनकर गौरी के साथ ही हंसने लगा। जब वो बातें करते हुए और एक दूसरे के साथ मस्ती करते हुए जा रहे थे तो बबलू को ध्यान आया कि उसने काफ़ी दिनों से गौरी से अपने बनाए हुए घरेलू पैड की बात नहीं की है। उसने पूछा, "गौरी क्या तुमने उस पैड को इस्तेमाल करके देखा?"

गौरी ने पहले तो कोई जवाब नहीं दिया और फिर बोली, "सुनो जी, हां मैंने इस्तेमाल तो कर के देख लिया है लेकिन वो कुछ ख़ास काम नहीं करता। मुझे अपने कपड़े दस मिनट के अंदर धोने होते हैं। मैं जानती हूं कि ये सब तुम मुझे ख़ुश रखने के लिए कर रहे हो लेकिन अब प्लीज़ इन सब चीज़ों के बारे में सोचना बंद कर दो। इससे मुझे काफ़ी उलझन होती है। ये सब औरतों के मामले हैं, ये उन पर ही छोड़ दो।"

बबलू हैरान रह गया। वो तो इतने दिनों से साइकिल पर सवार होकर कारखाने जाते समय यही सोच-सोच कर ख़ुश होता रहता था कि गौरी बोलेगी कि उसने तो सपने में भी नहीं सोचा था कि उसका पति इतना हुनरमंद है, उसने सोचा था कि उसकी तस्वीर वाले कवर में रखे सैनिटरी पैड हिंदुस्तान के कोने-कोने में औरतें इस्तेमाल करेंगी और फिर जैसे दक्षिण में फिल्मी कलाकारों के मंदिर बन जाते हैं वैसे ही उसके सम्मान में भी मंदिर बना दिया जाएगा। उसके अपनी

मेहनत के इस तरह खारिज कर दिए जाने की उम्मीद ही नहीं थी।

"लेकिन ऐसा क्यों," उसने पूछा। "आखिर वो गंदा कपड़ा लगाने पर तुमको कोई उलझन नहीं होती है?"

गौरी चिढ़कर बोली, "अब बस करो ये सब। मैं उस कपड़े से ही ख़ुश हूं, आखिरकार मैं बरसों से उसे इस्तेमाल कर रही हूं। यही चीज़ें तुम्हारी मां और बहन भी इस्तेमाल करती हैं, यही मेरी मां भी करती थी। तो फिर इसमें इतना क्या सोचना!"

"लेकिन मुझे बस इतना बताओ गौरी कि क्या ये तुम्हें पसंद आया, क्या तुम इससे संतुष्ट हो?" बबलू ने नरम सुर में पूछा। "क्या ये बुरा नहीं लगा कि तुम सिर्फ़ एक साधारण सा..."

लेकिन उसकी बात पूरी ही नहीं हुई कि गौरी ने बीच में टोक दिया, "अब इसके ऊपर झगड़ना बंद करो। मैं जानती हूं कि ये सब तुम अच्छी नीयत के साथ कर रहे हो। लेकिन इन सब बातों में तुम्हें अपना सिर नहीं खपाना चाहिए। बस अब इस पर बात नहीं करोग, बोलो मुझसे वादा करो।"

उसने सहमति में सिर हिलाया और फिर परेशान न नज़र आने की कोशिश करते हुए धीरे-धीरे चलने लगा। उसने अपना ध्यान हटाने के लिए रामलीला के नाटक की बात शुरू कर दी। "तुमने देखा वो आदमी जिसने लक्ष्मण का रोल किया था वो कैसा नशे में

धुत था और मंच पर ही लहरा रहा था,'' उसने अपनी पत्नी से पूछा।

लेकिन उसके दिमाग से तुरंत ख़त्म हुई बातचीत निकल नहीं पाई थी।

अगले दिन उसे साइकिल का लॉक खोला, तभी उसकी नज़र अपने पड़ोसी की पत्नी पारुल पर पड़ी जो अपने घर के आंगन में सफेद ऊंचे चौकोर स्थान पर लगे तुलसी के पेड़ की पूजा करते हुए चक्कर लगा रही थी, उसके गीले बालों पर अभी भी तौलिया लिपटा था। उसने उसको आवाज़ लगाकर अभिवादन किया जिसके जवाब में पारुल ने सिर्फ़ सिर भर हिला दिया।

उसके जेहन में छह महीने पुरानी यादें ताज़ा हो गईं जब उसकी छोटी नाम की कुतिया पारुल के बगीचे में चली गई थी और उसने गेंदे के कुछ पौधे तोड़ दिए थे। पारुल अपने घर से चीखते हुए निकली थी और उसे धमकाते हुए अपने हाथ में पकड़ा हुआ झाड़ू बिल्कुल टीपू सुल्तान की तलवार की तरह लहरा रही थी।

बबलू ने उसे दिलासा देने की कोशिश की कि भविष्य में ऐसा नहीं होगा, लेकिन छोटी को ये डर लगा कि ये मोटी औरत जिसने हरी साड़ी पहनी है अपने हाथों में झाड़ू उठाकर उसके मालिक को मारने जा रही है। इस डर के मारे वो पारुल पर कूद पड़ी और उसे गिरा दिया। बबलू के बार-बार माफी मांगने के बाद भी पारुल ने

उससे बात करने से भी मना कर दिया। इसके बाद वो हमेशा बबलू को देखकर मुंह से कुछ न कुछ गाली जैसा बुदबुदाती रहती थी।

लेकिन आज उसकी चिंता पारुल के साथ उसका झगड़ा नहीं था, उसके दिमाग में कुछ दूसरी ख़ास बात चल रही थी। बबलू की इच्छाशक्ति ज़बरदस्त थी जिसने उसे एक लापरवाह लड़के से कारखाने का मालिक बना दिया था, उसी इच्छाशक्ति के सहारे उसने अपनी पत्नी से कहा था, "गौरी, ये मल्टीनेशनल कंपनियां सिर्फ़ लोगों को बेवकूफ बनाने का काम कर रही हैं और लोगों से सिर्फ़ रूई के एक पैड के लिए इतना पैसा वसूल रही हैं। तुम देखना गौरी, मैं इसके चौथाई दाम में ये पैड बनाने का तरीखा खोज निकालूंगा।"

7

इस बीच बबलू ने महीनों तक किस्म-किस्म की रूई और दूसरे कपड़ों का पैड बनाने के लिए इस्तेमाल करके देखा। इसके बाद वो हर पैड को गौरी को इस्तेमाल करने के लिए कुछ इस अंदाज़ में पेश करता जैसे कि कोई जौहरी राजा को एक के बाद एक हीरे पेश करता है, लेकिन हर बार गौरी उसमें कुछ न कुछ कमी ज़रूर निकाल देती।

एक शाम जब गौरी उसकी साइकिल की पीछे की सीट पर बैठी

थी तो फिर से बबलू ने पैड का किस्सा छेड़ दिया। गौरी ने अपने पति को समझने की पूरी कोशिश की थी लेकिन अब इसी मसले से चिपककर बैठ जाने की वजह से वो थोड़ी चिढ़ने लगी थी और उसके सब्र का बांध टूटने लगा था।

उसने अपनी चिढ़ को छिपाने की पूरी कोशिश की और बोली, ''सुनो जी क्या ये अच्छा नहीं होता कि तुम इतना दिमाग चार पैसे ज़्यादा कमाने में लगाते ताकि हम वो महंगे सैनिटरी पैड खरीद पाते।''

बबलू ने जवाब दिया, ''बिल्कुल मैं कोशिश कर सकता हूं और ज़्यादा महंगे सैनिटरी पैड तुम्हारे लिए खरीद भी सकता हूं लेकिन दूसरी औरतों का क्या?'' उसने कहना जारी रखा, ''मैंने इसे शुरू तो सिर्फ़ तुम्हारे लिए किया था गौरी लेकिन जब तुमने चार पैड में कमी निकाल दी जिनको मैंने अलग-अलग किस्म की रुइयों से बनाया था, तो फिर मैं देवास में एक डॉक्टर के यहां गया। मैंने वहां पर कम्पाउंडर से पूछा कि वो ड्रेसिंग के लिए कौन सी रूई की पट्टी का इस्तेमाल करता है।

''मुझे लगा कि शायद वो पट्टी मेरी पट्टी के मुकाबले ज़्यादा आसानी से सोखने वाली होती होगी। जब कम्पाउंडर ने मुझसे पूछा कि मैं इस पट्टी को किस काम के लिए इस्तेमाल करूंगा तो मैंने उसे सब समझा दिया। इस पर वो बोला, भाई साहब आप पहले पति हो

जो दवाखाने में इस काम के लिए आया है और सैनिटरी पैड के बारे में बात की है। अधिकांश औरतें तो गंदे कपड़े, पत्तियां और यहां तक कि भूसे के खर-पतवार भी इस्तेमाल करती हैं, इनमें से सत्तर फीसदी को बीमारी होने की आशंका रहती है। लेकिन किसी को भी इस बात की चिंता नहीं रहती है।

"सत्तर फीसदी गौरी, सत्तर फीसदी, सोचो तो कितनी बड़ी तादाद है। मैं कई दिनों तक उसकी कही बात के बारे में सोचता रहा, ख़ासतौर पर जब मैं छोटी बच्चियों को अपने मुहल्ले में खेलते हुए देखता था। वो बेचारी एक जोड़ी चप्पल नहीं खरीद सकतीं, सोचो वो लोग हर महीने कहां से सैनिटरी पैड खरीद पाएंगी।"

गौरी कुछ देर के लिए खामोश रही फिर बोली, "मैं भगवान से प्रार्थना करती हूं कि उन लड़कियों को कोई बीमारी न हो, लेकिन इसकी चिंता उनके पिता और पतियों को करने दो। तुम्हारी ज़िम्मेदारी अपने परिवार के प्रति है, हमारे भविष्य के प्रति है।"

इसके बाद आगे इस मुद्दे पर किसी भी बातचीत को ख़त्म करते हुए वो बोली, "सुनो जी, इस संडे को हम लोग किसी सिनेमाहॉल में फिल्म देखने चलते हैं।" इस पर बबलू ने सिर हिला दिया और साइकिल चलाने लगा। उसने फिर शाम तक इस मुद्दे पर कुछ नहीं बोला और गौरी को अच्छा ही लगा कि उसकी खामोशी अच्छी बात है।

लेकिन काफ़ी कोशिशों के बाद भी बबलू के दिमाग में यही सब बातें चलती रहीं। हर महीने वो एक नया पैड इस्तेमाल करने के लिए देता और हर बार गौरी उससे ये सब प्रयोग बंद कर देने के लिए कहती।

कभी यही आदमी उसके लिए कितने अच्छे-अच्छे तोहफ़े लाता था, जिनको पाकर उसका दिल अपने पति के लिए खिल उठता था। लेकिन अब उसकी इस सनक को देखकर गौरी को लगने लगा था कि जैसे वो इस इंसान को जानती ही नहीं थी।

धीरे-धीरे दोनों के बीच रिश्तों में जो गरमाहट पैदा हुई थी वो अब एक अनजान खाई में तब्दील होती जा रही थी।

लेकिन बबलू के सामने समस्या ये नहीं थी कि उसकी पत्नी चिढ़ने लगी थी, उसकी समस्या कहीं बड़ी थी और वो थी उसके पीरियड का समय। अपने बनाए पैड के बारे में जानने के लिए उसे लगभग एक महीने का इंतज़ार करना पड़ता था। एक दिन वो ज़ोर से चीखा, ''गौरी, इस हिसाब से तो मुझे सही पैड बनाने में कई साल लग जाएंगे।''

अब तो गौरी के लिए पानी सिर के ऊपर निकल चुका था, उसने सुबकना शुरू कर दिया। ''मुझे नहीं पता कि मैंने पिछली ज़िंदगी में क्या गुनाह किया था कि अब मेरे साथ ऐसा हो रहा है, मैं अब कोई भी पैड इस्तेमाल नहीं करने जा रही हूं। कम से कम तुम ये पागलपन

तो बंद करोगे।''

इसके बाद बबलू ने अपनी बहन को मनाना शुरू कर दिया कि वो उसके बनाए पैड्स को इस्तेमाल करके देखे। बदकिस्मती से एक दिन जब पूरा परिवार साथ में खाना खा रहा था तो बबलू के भांजे पिंटू ने उसके बैग से एक पैड निकाल लिया और उसके सबके सामने किसी झंडे की तरह लहराने लगा। वहां मौजूद लोगों में उमाजी भी थीं जो एक बुज़ुर्ग महिला थीं और अपनी बेटी की शादी का कार्ड देने के लिए भैरवी केवट के घर आई थीं।

भैरवी ने उस समय तो मामले को हल्का करने की कोशिश में कुछ नहीं कहा लेकिन जब उमाजी चली गईं तो रचना ने अपने भाई को खूब फटकार लगाई और उसकी मां ने भी हाथ जोड़े कि अब वो इस तरह के प्रयोग करना बंद करे क्योंकि महिलाओं के पीरियड्स में उसकी दिलचस्पी की वजह से उनके पूरे परिवार को बेइज़्ज़ती झेलनी पड़ेगी।

लेकिन तब तक काफ़ी नुक़सान हो चुका था। उमाजी ने तुरंत ही इसकी ख़बर हर तरफ़ फैला दी कि बबलू का दिमाग फिर गया है जो अपनी जेब में सैनिटरी नैपकिन रखता है। जल्दी ही पूरे गांव में हर तरफ़ लोग बबलू से कतराने लगे।

लोगों ने परिवार के दूसरे लोगों को भी नहीं बख्शा, और उन पर

भी या तो ओछे लांछन लगाने शुरू कर दिए या फिर आते-जाते उन्हें अजीब निगाहों से देखने लगे।

कुछ दिनों के बाद की बात है जब बबलू अपने कारखाने से एक दिन साइकिल चलाते हुए लौट रहा था तो उसे मधुकर की चाय की दुकान के पास अकरम दिख गया। अकरम ने उसे आवाज़ लगाई तो बबलू ने साइकिल रोक दी और दोस्त से बात करने लगा। अकरम अभी-अभी लखनऊ से बीती रात लौटा था और अपने दोस्त से बीते दिनों की सारी बातें करना चाहता था।

अपनी कहानियों के बीच ही उसे एहसास हुआ कि उसका दोस्त बबलू कुछ उदास सा है। उसने पूछा, ''क्या बात है बबलू, सब ठीक तो है?'' अकरम ने देख लिया था कि उसके दोस्त की निगाहें सामने चाय की केतली को ही देखे जा रही थीं।

बबलू ने उदास लहजे में कहा, ''अकरम भाई, अब तुम्हें बताने से क्या फायदा। तुम मेरी मदद नहीं कर पाओगे। मुझे किसी महिला की बड़ी शिद्दत से तलाश है।''

अकरम चिढ़कर बोला, ''बबलू, तुम तो शादीशुदा हो और अगर तुम्हारा ये हाल है तो सोचो कि हमारे जैसे कुंवारों का क्या हाल होगा।''

बबलू ये सुनकर सिर्फ़ मुस्कुरा दिया, उसने सिर हिलाते हुए अपनी परेशानी अकरम से बयान की। अब जबकि उसका परिवार इसमें

मदद नहीं कर रहा है तो फिर वो कहां से ऐसी औरत लाएगा जिसके साथ वो पीरियड्स की बातें कर पाएगा, कैसे उससे लीकेज के बारे में पूछ सकेगा, बदबू या फिर ठीक से न सोख पाने की दिक्कतों पर कैसे चर्चा करेगा?

अकरम ने उसकी पीठ ठोंकी। हालांकि उसकी अपने दोस्त के साथ पूरी हमदर्दी थी, लेकिन वो भी ख़ुद अपने दोस्त का मज़ाक बनाने से नहीं चूका, "अरे बबलू, भगवान ने अगर तुम्हें औरत बनाया होता ना तो फिर तुम ख़ुद ही अपने ऊपर ये पैड की जांच कर सकते थे।"

हालांकि ये सिर्फ़ मज़ाक ही था लेकिन इस मज़ाक को सुनकर बबलू के दिमाग में एक आइडिया आया।

उसने अकरम को भी अपने प्रयोगों में शामिल करने के लिए किसी तरह मना लिया और उससे कहा कि वो बकरी का थोड़ा सा ताज़ा खून प्रयोग के लिए दे दिया करे। जब खून तुरंत जमने लगा तो फिर वो दोबारा देवास के उसी कम्पाउंडर के पास गया तो उसने ऐसे केमिकल का इस्तेमाल करने का सुझाव दिया जिससे खून नहीं जमता था।

इसके बाद फिर अगली बार मिले खून में उसने वो केमिकल मिला दिया जिसके बाद बबलू अपने प्रयोगों के लिए तैयार था।

उसने हर चीज़ को इस तरह बना लिया था कि जैसे रबर के थैले में खून डालकर और उसमें प्लास्टिक की ट्यूब लगाकर उसने सचमुच का गर्भाशय तैयार कर लिया हो।

यही वजह थी कि उस दिन कुएं पर वो दुर्भाग्यपूर्ण हादसा हो गया और वो बेचारा मुफ़्त में बदनाम हो गया था। अब गौरी भी ये सब कुछ न सह पाने की वजह से उसे छोड़कर चली गई थी और जाते-जाते ये भी बोल गई थी कि वो अब तभी लौटेगी जब उसका ये पागलपन ख़त्म हो जाएगा।

बबलू केवट अब ज़िंदगी के उस मोड़ पर था जहां पर उसकी पत्नी उससे दूर चली गई थी, दोस्तों ने किनारा कर लिया था, यहां तक कि उसका काफ़ी पैसा भी खर्च हो गया था और उसका सारा दिमाग अब सिर्फ़ और सिर्फ़ सैनिटरी पैड तैयार करने में लगा था।

लेकिन ऐसा लगता था कि जैसे इस सारे नुक़सान ने उसकी इच्छाशक्ति को और मज़बूत कर दिया था। अब वो उस रास्ते पर था जहां बिना कामयाब हुए उसे वापस नहीं लौटना था। अगर वो बीच में रुक जाता है तो फिर उसे हवसी शैतान घोषित कर दिया जाएगा और अगर ये नहीं हुआ तो फिर वो हमेशा के लिए पागल कहा जाने लगेगा।

8

वो रविवार की सुबह थी जब भैरवी केवट शालू के साथ रचना के घर पर थोड़ी परेशान हालत में पहुंची। वो किसी भी तरह से बस बबलू को समझाना चाहती थी। तीन महीने हो गए थे गौरी को अपने मायके गए हुए और बबलू लगातार दुबला और कमज़ोर होता जा रहा था, लेकिन बावजूद इसके उसने अपने प्रोजेक्ट पर काम करना बंद नहीं किया था।

भैरवी ने इस बीच बबलू को मनाने की बहुत कोशिश की थी, कई बार उस पर चीखी भी और यहां तक कि ख़ुद पर दौरा पड़ जाने का ड्रामा भी किया लेकिन इस पर वो जाकर वैद्य जी को बुला लाया। उस आयुर्वेदिक डॉक्टर ने बबलू की मां की नब्ज़ वगैरह जांची और फिर बोला, ''मांजी आपको गैस की बहुत समस्या है'' और उसने अपच दूर करने की कुछ गोलियां लिख दीं।

उधर रचना को भी बबलू से बहुत शिकायतें थीं। वो उससे बात करने के लिए गई थी लेकिन बबलू ने उससे बात करने से सीधे मना कर दिया और बोला, ''रचना, अगर तुम्हें मेरी इतनी ही चिंता है तो मुझे बताओ कि तुम्हारे पीरियड कब से शुरू होने वाले हैं। मेरे नए पैड इस्तेमाल करके देखो और इस कागज़ पर इसके बारे में राय लिख दो।''

परेशान भैरवी ने घर के काम में रचना की मदद के लिए शालू को वहीं छोड़ दिया और उलझनों में डूबी हुई घर लौट आई।

आज तक इस घर पर सिर्फ़ भैरवी का ही हुक्म चलता आया था, और उसके बच्चों की मर्ज़ी बिल्कुल नहीं चलती थी। लेकिन अब उसे लग रहा था कि जैसे वो किसी भंवरजाल के बीच फंसी हुई है और उसे बिल्कुल भी नहीं रोक पा रही है। गौरी घर में नहीं थी और पड़ोसी ताने मार रहे थे, यहां तक कि बेटा भी बिल्कुल दीवाना हो चला था, ये सब उसके लिए बहुत भारी पड़ रहा था।

बबलू सिर्फ़ उसका सबसे दुलारा बेटा ही नहीं था बल्कि भैरवी का इतने सालों से सबसे मददगार सहारा भी था, जब दोनों मां और बेटे इस घर को मिलकर चलाने के लिए जीतोड़ मेहनत किया करते थे।

वो हमेशा से ही अच्छा बच्चा था, यहां तक कि शालू और रचना की तरह वो कभी कुछ मांगता भी नहीं था। जब वो कभी –कभी उसके लिए खीर बना देती थी तो बबलू के चेहरे पर छलकती खुशी देखकर उसे बड़ा आनंद आता था, जिस तरह से वो किसी बच्चे की तरह बाईस साल का हो जाने के बाद भी उसकी गोद में लेट जाता था और अपने कारखाने में आने वाले ग्राहकों के किस्से सुनाता था। उसे अब समझ में नहीं आ रहा था कि अचानक कैसे चीज़ें बदल गईं और अब अपनी बिखरती दुनिया को संवारने के लिए वो क्या करे।

उसने बेमन से अपने घर के टूटे-फूटे और आवाज़ करते गेट को खोला और अंदर दाखिल हुई। पीछे की तरफ़ जाने वाला दरवाज़ा खुला था और उसने देखा कि बबलू ज़मीन पर बैठा था और उसने अपनी रूमाल नाक पर लगाई थी।

पहली नज़र में तो उसे लगा कि शायद वो रविवार के लंच के लिए चिकन काट रहा होगा लेकिन जब वो पास पहुंची तो वहां मौजूद गंध से उसे घिन हो उठी। उसका प्यारा बेटा वहां घास पर दर्जनों पुराने और इस्तेमाल किए हुए सैनिटरी पैड लेकर बैठा था जो उसके लड़कियों के होस्टल के पास के कूड़ेदान से निकाले थे। वो हैरान होकर देख रही थी कि कैसे उसका बेटा कभी किसी एक और कभी दूसरे पैड को उठाकर उसे फाड़ रहा था।

भैरवी केवट दहाड़ें मारकर रोने लगी और ऐसे बिलखने लगी जैसे उसे दौरा पड़ गया हो। आखिरकार उसने भी अपना और शालू का बैग पैक किया और घर छोड़कर दुर्गा मौसी के पास रहने चली गई।

9

दिन गुज़रते रहे और अपने आप में खोया उदास-सा बबलू साइकिल चलाकर कारखाने जाता और फिर खाली घर में लौट आता। उसका दिल उदासी से डूबा हुआ था लेकिन फिर भी उसने अपना काम

जारी रखा था। उसकी पहली प्राथमिकता थी कि वो किसी तरह उस कपड़े के बारे में जानकारी हासिल करे जो बहुराष्ट्रीय कंपनियां अपने सैनिटरी पैड बनाने के लिए इस्तेमाल करती थीं। एक कपड़ा कारोबारी की सलाह पर अब उसने किसी प्रयोगशाला में उन सैनिटरी पैड को जांच के लिए भी भेज दिया था। उधर से जवाब आया, इसमें सेलुलोज़ नाम का पदार्थ पाया गया है। लेकिन किसी भी कपड़े के कारोबारी को इसके बारे में कुछ पता नहीं था कि आखिर ये क्या पदार्थ है।

इस पर और जानकारी हासिल करने के लिए बबलू ने इंदौर के एक प्रोफेसर को फोन लगाने की सोची।

भास्कर शर्मा उसका एक दूर का रिश्तेदार था और वो भी इतनी दूर का कि रिश्ता उस राखी के सहारे जुड़ा था जो कि भास्कर के बचपन के दिनों में बबलू के परिवार की दूर की चाची ने उसको बांधी थी, और वो चाची भी काफ़ी पहले गुज़र चुकी थीं।

प्रोफेसर शर्मा एक बुजुर्ग इंसान थे जिनके सिर पर बड़ी मुश्किल से कुछ बाल बचे थे और सिर के पिछले हिस्से में मौजूद उन बालों की प्रोफेसर साहब बड़े जतन से हिफाज़त करते थे। प्रोफेसर आईआईटी के समाजशास्त्र विभाग में पढ़ाते थे।

उन्होंने लगातार बज रहा फोन उठाया और पहले तो अचकचा गए कि आखिर बबलू उनका रिश्तेदार होने का दावा कैसे कर रहा

था। लेकिन जैसे कि हर हिंदुस्तानी के दिल के किसी कोने में ये जज़्बात मौजूद होते हैं कि उसके गांव से ताल्लुक रखने वाला इंसान उनके परिवार का ही हिस्सा होगा, उसी तरह से प्रोफेसर ने भी सोचा कि इस परेशान इंसान की मदद कर दी जाए।

बबलू ने दूसरी तरफ़ से जब बोलना शुरू किया तो अपनी सारी दुश्वारियां प्रोफेसर साहब के सामने रख दीं। प्रोफेसर ने भी जब उसकी पूरी दास्तान सुनी तो उन्हें बबलू से हमदर्दी हुई। बबलू की हिम्मत और उसके हौसले के साथ ही उनकी अपनी उत्सुकता भी काम आई । उन्होंने काफ़ी दिनों तक इंटरनेट पर छानबीन की और आखिरकार उन्हें उस फैक्टरी के बारे में पता चल गया जो प्रॉक्टर एंड गैम्बल नाम की कंपनी को वो सामान सेलुलोज़ सप्लाई करती थी। इसके बाद उन्होंने बबलू की तरफ़ से उस कंपनी को एक ईमेल लिखा और बबलू को कंपनी का नंबर भी दे दिया।

बबलू की अंग्रेज़ी अच्छी नहीं थी, हालांकि वो थोड़ा बहुत कोशिश करके पढ़ सकता था और दूसरों से टूटी-फूटी अंग्रेज़ी में बात भी कर सकता था। लेकिन जल्दी से जल्दी अपने मिशन में कामयाब होने की हड़बड़ी में उसने तुरंत उस नंबर पर फोन किया और ख़ुद को इंदौर का एक बड़ा व्यापारी बताते हुए बात की।

''हैलो, आई माइसेल्फ प्रकाश केवट, टेक्सटाइल मिल ओनर

दिस साइड, आई रोट मेल ऑल्सो, रिक्वेस्ट काइंडली फॉर सैम्पल ऑफ रॉ मैटेरियल।''

दूसरी तरफ़ से एक भारी आवाज़ में जवाब आया। ''हैलो सर, मैं बिज़नेस डेवलपमेंट विभाग से मिरांडा डेविस बोल रही हूं, मैंने आपका मेल देख लिया है। क्या आप बता सकते हैं कि आपका कारखाना कितना बड़ा है, हाऊ बिग इज़ योर प्लांट।''

बबलू को समझ में नहीं आया कि आखिर इस सवाल का क्या मतलब है। उसने जवाब दिया, ''मैडम, आई हैव मेनी प्लांट्स, तुलसी प्लांट, चंपा प्लांट, अशोका प्लांट, कटहल प्लांट। यू वॉन्ट साइज़ ऑफ़ व्हिच वन।''

इसके बाद दूसरी तरफ़ बड़ी देर तक खामोशी रही और बबलू उत्सुकता के साथ कुछ जवाब मिलने का इंतज़ार करता रहा।

किस्मत से दूसरी तरफ़ बैठे इंसान को इस अजीब जवाब से ये ज़रूर समझ में आ गया कि ये बड़ा अमीर कारोबारी है और इसका बस ज़रा अंग्रेज़ी में हाथ तंग है। मिस मिरांडा ने कहा कि वो कुछ दिन में सैंपल ऑर्डर उनके पते पर भेज देंगी। कुछ हफ्तों के बाद वो ऑर्डर मोहना पहुंच गया।

10

भूरे रंग का बक्सा किचन के अंदर स्टोव के पास रखा था। बबलू इसकी बगल में खड़ा होकर पोहे के लिए प्याज़ काट रहा था। वो बड़ी उलझन में था। जो सैंपल उसके पास पहुंचा था उसमें कपड़ा तो बिल्कुल नहीं था। बल्कि इसकी बजाए कुछ मोटे गत्ते जैसे चीज़ की पट्टियां थीं। उसने नीचे ज़मीन पर पड़ी उन पट्टियों की तरफ़ देखा और सोच में पड़ गया कि आखिर वो इसका क्या करेगा।

छोटी पीछे आंगन में बहुत तेज़ी से भौंक रही थी और बबलू देखने गया कि आखिर माजरा क्या है। उस कुत्ते ने पीछे की तरफ़ पारुल को अपने घर की रस्सियों पर पड़े कपड़ों को उठाते हुए देखा और तेज़ी से दीवार पर चढ़कर भौंकने लगी। पारुल ने बबलू को एक चिढ़ाने वाले अंदाज़ में देखा और छोटी के सिर की तरफ़ उंगली करके घुमाते हुए बोली, "बबलू और उसका कुत्ता, दोनों ही पागल हैं।" इसके बाद वो मज़ाक उड़ाने के अंदाज़ में हंसते हुए अपने घर में चली गई।

बबलू दुखी होकर आंगन से घर के अंदर जाने वाली सीढ़ियों पर बैठ गया। छोटी उसके पास आई और कई चक्कर लगाकर और अपने मालिक के आस-पास पूंछ हिलाकर घर के अंदर चली गई लेकिन बबलू अपनी जगह से नहीं हिला। जैसे उसके दिल पर कोई

भारी पत्थर रखा हुआ था। इतना सारा वक्त जाया करने और कितनी कुर्बानियां झेलने के बाद भी उसके वो चीज़ नहीं मिली जिसकी मदद से वो सैनिटरी पैड बना सकता था।

उसने पारुल के आंगन में नज़र डाली और देखा कि वो इलाका अब सुनसान पड़ा था और वहां पर एक मोरपंखी रंग की साड़ी लहरा रही थी। शायद पारुल सही कह रही थी कि वो पागल हो गया है, अपने मकसद को हासिल करने के चक्कर में उसने ख़ुद पर कितनी मुसीबतें ला दी थीं। वो पूरी तरह निश्चिंत था कि इस बार तो वो कामयाब हो ही जाएगा और फिर अपने परिवार को वापस लाकर वो सिर ऊंचा करके चल सकेगा।

उसने गहरी सांस ली और अपने पैरों पर हाथ रखकर उठने की कोशिश की, जैसे कि वो कितना बूढ़ा हो गया हो, उसने धीरे से ख़ुद को उठाया और खाना बनाने के लिए आहिस्ता-आहिस्ता अंदर की तरफ़ दाखिल हुआ।

उसने बेतरतीब ढंग से मिर्च काटी और किचन की खिड़की से बाहर देखने लगा, उसने देखा कि बरसती बूंदें बाहर घास को भिगो रही हैं।

इस साल मॉनसून थोड़ा देर से आया था लेकिन बारिश अच्छी हो रही थी। लेकिन पूरी दुनिया की बारिश मिलकर भी उसके दुखों

को नहीं धुल सकती थी।

उसने एक बार फिर उन बेकार से गत्तों पर नज़र डाली, लेकिन इस समय उसे वहां ज़मीन पर सिर्फ़ एक ही गत्ता दिखाई दिया। बबलू ने तुरंत सोचा कि ज़रूर छोटी उन्हें खींच कर दूसरी तरफ़ ले गई होगी। बबलू बरामदे के दूसरे हिस्से में पहुंचा और जैसा उसने सोचा था वही उसे नज़र आया। छोटी ने पूरा बक्सा उसके सामने बिखेर रखा था, गत्ते के एक सिरे को तो पूरी तरह कुतर गई थी और पंजों से पूरी बक्से को नोच डाला था।

बबलू ने वो बॉक्स उठा लिया और उसे गौर से देखा। छोटी के नाखूनों से लगी खरोंच की वजह से उन पट्टियों के ऊपर का हिस्सा फट गया था और उसे एक रोएंदार पदार्थ दिख रहा था जिसे एक पट्टे की शक्ल में ढाला गया था। उन लोगों ने वो समान पूरी तरह से दबाकर पट्टों के रूप में उसके पास भेजा था।

और जल्दी ही उसे प्रोफेसर के भेजे हुए ईमेल की वजह से ये समझ में आ गया कि ये पदार्थ कपड़ा तो बिल्कुल नहीं था, क्योंकि इसके न होने की वजह से ही उसके पैड ठीक से काम नहीं करते थे। ये पदार्थ चीड़ के पेड़ों से निकाली गई लकड़ी के गूदे से तैयार किया गया था।

अब बबलू को वो चमत्कारी पदार्थ मिल चुका था लेकिन प्रोफेसर

शर्मा ने उससे उस शाम फोन पर कहा कि केवट अब तुम्हें इस मामले को यहीं छोड़ देना चाहिए। वो मशीनें जिनसे ये पदार्थ तैयार होता है और फिर इसे सैनिटरी नैपकिन में लगाया जाता है वो करोड़ों की आती है। उन्होंने बबलू को नसीहत दी कि कुछ पेड़ों पर लगे फल चाहे जितने ही अच्छे क्यों न हो, उन पर चढ़ना लगभग असंभव होता है।

लेकिन बबलू इतनी आसानी से हार मानने वाला नहीं था, ख़ासतौर पर तब जबकि उसे ताज़ा ताज़ा जीत हासिल हुई हो, भले ही वो कितनी ही छोटी क्यों न हो। पूरी तरह जोश और उम्मीद से भर कर उसने कहा, ''प्रोफेसर साहब कई बार आपको पेड़ पर चढ़ने के लिए पैर रखने का खांचा ख़ुद ही तैयार करना पड़ता है।'' तो फिर बबलू ने तय कर लिया कि वो ये मशीन ख़ुद बनाने की कोशिश करेगा।

11

वो उमस भरी रात थी और गर्मी के साथ ही छोटे-छोटे कीड़ों के झुंड इंदौर की गलियों में मौजूद उस छोटी सी झोपड़ी में टूट पड़े थे जिसमें बबलू अपनी कुतिया छोटी के साथ बेचैनी में करवटें बदल रहा था।

मोहना गांव की पंचायत और मुखिया ने भैरवी केवट की तमाम मिन्नतों के बाद भी उनको चेतावनी दे दी। या तो बबलू पंचायत के झाड़-फूंक करवाने के अजीबोगरीब आदेश को मान ले या फिर उसे

गांव में घुसने नहीं दिया जाएगा।

बबलू को पता था कि कई दिनों तक घंटों पेड़ से उल्टे लटकाए जाने, गरम पानी फेंके जाने, पिटाई किए जाने और न जाने किन किन चीज़ों को खिलाए जाने जैसी यातना उसका शरीर झेल नहीं पाएगा और ये सब कुछ होगा उसके शरीर में घुस गई किसी बुरी आत्मा को निकालने के नाम पर। जबकि वो अच्छी तरह जानता था कि उसके शरीर में जो चीज़ घुसी थी वो थी सिर्फ़ उसका मकसद और अपने दम पर कुछ कर दिखाने का जुनून। लेकिन उसे पता था कि गांव की पंचायत को समझाने का कोई फायदा नहीं था।

उसने तुरंत मोहना का अपना घर खाली कर दिया और कारखाना बेचकर अपनी मां को ठीक-ठाक रकम भेज दी जो अभी भी दुर्गा मौसी के पास रह रही थी। इसके बाद वो इंदौर आ गया और बचे हुए पैसे से एक टीन की छत वाली खोली किराए पर ले ली जो दिन में उसके लिए कारखाने का काम करती थी तो वहीं रात में किसी तरह से वो रात इसमें गुज़ार लेता था।

उसने अपनी मां को फोन लगाने की भी कोशिश कई बार की थी लेकिन हर बार वो फोन पर सिर्फ़ रोने लगती थी जिससे वो कई दिनों तक और परेशान रहता। आखिरकार जब वो सब कुछ छोड़कर इंदौर आने वाला था, उसके एक दिन पहले उसने दोबारा मां को

फोन किया, लेकिन फोन दुर्गा मौसी ने उठाया और उन्होंने अपने भांजे को कड़ी चेतावनी दी कि परिवार का पहले ही वो काफ़ी नुक़सान कर चुका था और अब उसे और ज़्यादा बेइज़्ज़ती नहीं करवानी चाहिए थी। उस दिन बबलू को अंदाज़ा लग गया कि उसके सभी नज़दीकी लोगों ने उससे किनारा कर लिया था।

इतने दिनों के दौरान उसने एक बार भी गौरी की कोई खोज-खबर नहीं मिली थी और ऐसे हालात में जहां उसके पास गौरी को देने के लिए घर तक नहीं था, उसने गौरी का ख्याल तक दिमाग से निकाल देने की कोशिश की। लेकिन जब कभी वो गौरी या फिर अपनी मां और बहन के बारे में सोचने लगता तो उसका दिल दर्द से भर उठता और उसे लगता कि जैसे एक-एक सांस उसके सीने पर बोझ बन गई हो।

मच्छरों के काटे जाने से परेशान होकर उसने अपनी बगलें खुजलाईं और उठकर बैठ गया। उसकी नज़र सामने रखी हुई चार छोटी मशीनों पर पड़ी।

जब उसने अपने हाथों में वो लकड़ी के गूदे वाले गत्तों को पकड़ा था, तब से लेकर अब तक दो साल का वक्त बीत चुका था। दो साल उसने इसी कारखाने में छोटे-मोटे वैल्डिंग के काम करते हुए अपना गुज़ारा करने में बिता दिए थे।

सैनिटरी नैपकिन बनाने वाली फैक्टरियों में मौजूद बड़ी-बड़ी मशीनों से बेपरवाह बबलू ने अपने संसाधनों से ही कुछ न कुछ बनाने की जीतोड़ कोशिश की थी। उसे सबसे पहले लकड़ी के गूदे को तोड़ने वाली मशीन बनाने की ज़रूरत थी।

उससे सबसे पहले खाने की मेज़ पर इस्तेमाल होने वाले चार कांटों के सिरों से एक इलेक्ट्रॉनिक मशीन को जोड़ दिया था। ये कांटे आगे-पीछे और फिर ऊपर नीचे घूमते थे, यूं समझ लीजिए कि जैसे उसकी कुतिया छोटी के हाथ पैर चलते थे। लगभग तीन महीने तक वो इस मशीन पर ज़ोर आजमाइश करता रहा और फिर जब उसके हाथ में लंबा घाव हो गया जिसमें पांच टांके लगे और प्रयोग के चक्कर में एक पूरा गत्ता बर्बाद हो गया तो फिर बबलू ने इस मशीन से पीछा छुड़ा लिया।

कुछ महीनों के बाद एक दिन बबलू किसी फ्लैट में ग्रिल लगा रहा था। उस घर की मालकिन उसके काम पर नज़र भी रख रही थी और बीच-बीच में उसके लिए खाना भी बनाने जा रही थी। इसी दौरान जब वो थोड़ी देर के लिए सुस्ता रहा था, वो किचन के फर्श पर बैठ कर मालकिन की दी हुई चाय सुड़कते-सुड़कते उसे खाने के लिए नारियल घिसते, चना दाल भूनते, अदरक, मिर्च काटते, और फिर उसे एक ब्लेंडर में पीसते हुए देखता रहा। किचन में बार-बार

प्रेशर कुकर की सीटियां आ रही थीं और मिक्सर ग्राइंडर के चलने की ज़ोरदार घरघराहट गूंज उठती थी।

उस शाम बस में सवार होकर घर आते समय उसके दिमाग में मिक्सर की पत्तियों के घूमने का मंज़र बार-बार कौंध रहा था और फिर घर के कारखाने में उसने एक भारी मोटर वाले ब्लेंडर के हिस्सों से एक साधारण सी मशीन बनाने का काम शुरू कर दिया।

कई महीनों तक कोशिश करने, गलतियां करने और उसे सुधारने के बाद उसके हाथ में एक ऐसी छोटी मशीन आ गई थी जो सेलुलोज़ बोर्ड को तोड़ सकती थी और वो भी बिना किसी खतरे के।

अब उसकी अगली मंज़िल थी, इस बोर्ड को चपटा करके एक आयताकार केक जैसा आकार देने की जैसा सैनिट्री पैड्स में इस्तेमाल होता था।

लेकिन इसके लिए उसे बहुत ज़्यादा मेहनत नहीं करनी पड़ी। बबलू ने साबुन की बट्टियों जैसी शक्ल दिए जाने और गली के मोड़ पर मौजूद लुंगी पहने हुए धोबी के तुड़ीमुड़ी चादरों को एकदम कड़क प्रेस करने के अंदाज़ से प्रेरणा लेते हुए अपनी दूसरी मशीन भी बना डाली।

इसके बाद उसने एक तीसरा उपकरण तैयार किया जो देखने में ऐसा लगता था जैसे टॉयलेट पेपर का रोल रखने वाली जगह हो।

उसी तरह से वो मशीन उसके बनाए सैनिटरी पैड्स को पैक करती थी। इसके बाद उसके सामने आखिरी समस्या आयी और ये समस्या सबसे बड़ी थी। आखिर वो ये कैसे सुनिश्चित करेगा कि जिन सैनिटरी पैड्स को वो बना रहा है उसमें कोई गंदगी न हो और वो बिल्कुल साफ़-सुथरे रहें।

बीते कुछ सालों में सिर्फ़ प्रोफेसर शर्मा ही थे जिन्होंने उसका हौसला बढ़ाया था और इस मिशन में उसके साथ खड़े थे। उस शाम उनके सामने कुर्सी पर बैठे हुए बबलू रो पड़ा। अपने परिवार की तरफ़ से छोड़ दिए जाने, कारखाने की ज़मीन पर सोकर रात बिताने, बरसों से ढंग का घर का खाना न मिल पाने और अंत में सारे मिशन के एकदम मंज़िल पर पहुंचकर ठप हो जाने ने उसके हौसले को पस्त कर दिया था। अब उसकी निराशा उसके हौसले को ख़त्म करती जा रही थी।

प्रोफेसर शर्मा ने गौर से उस नौजवान को देखा जिसके इकलौते जुनून ने उसे पूरी दुनिया से अलग कर दिया था, और उनके मन में इस नौजवान के लिए दया उमड़ पड़ी। प्रोफेसर को बबलू ने अंदर अपना बीता हुआ कल नज़र आया, एक नौजवान प्रोफेसर शर्मा, जो कि जन्म से ही विषमताओं के खिलाफ संघर्ष करता रहा था। उन्हें बबलू की जीत में अपनी जीत और उसकी हार में अपनी हार नज़र आई।

उन्होंने बबलू को रात के खाने पर रोक लिया और उससे वादा किया कि वो सैनिटरी नैपकिन को पूरी तरह कीटाणुमुक्त करने का कोई आसान तरीका खोजेंगे और ये भी भरोसा दिलाया कि वो इस बारे में अपने सहयोगियों से भी बातचीत करेंगे। मिसेज शर्मा के हाथ की घर की बनी दाल और ज़ायकेदार आलू-पूड़ी खाकर बड़े दिनों बाद तृप्त हुए बबलू का हौसला प्रोफेसर की बातें सुनकर फिर से मज़बूत हो उठा था।

छह महीने के बाद उसने अपने सैनिटरी पैड्स बनाने के लिए ज़रूरी चार मशीनों को तैयार कर लिया था। ये एक गोल किस्म का उपकरण था जिसमें कुछ किचन में इस्तेमाल होने वाले ग्राइंडर के उपकरण लगे थे जो कि कठोर लकड़ी को तोड़ते थे, एक चपटा करने वाली मशीन थी जो कि उस लकड़ी के रेशेदार पदार्थ को इलेक्ट्रिक प्रेस के सहारे आयताकार स्वरूप देती थी और एक अल्ट्रावायलेट प्रकाश फेंकने वाली मशीन थी जो कि पूरे पैड को कीटाणुओं से मुक्त करती थी।

बबलू ने कान के पास भिनभिना रहे मच्छरों को हाथ से हवा में उड़ाने की कोशिश की और बिस्तर से उठकर बैठ गया। वो बिस्तर के कोने के पास रखे मेज़ पर गया और बड़ी ही सावधानी से अपनी चारों मशीनों को एक बबल पेपर और फोम के टुकड़े लगाकर गत्तों

में पैक करने लगा।

प्रोफेसर शर्मा के कहने पर वो कम कीमत पर सैनिटरी नैपकिन तैयार करने वाले अपने इस उपकरण को भारतीय प्रौद्योगिकी संस्थान यानी आईआईटी में प्रदर्शन के लिए ले जा रहा था।

12

बारिश की बूंदें लोहे की खिड़कियों पर पड़ते हुए सामने रखे लकड़ी के दरवाज़े पर बिखर रही थीं। इन बूंदों के झोंकों ने खिड़की के किनारे बैठी गौरी के बालों को नम बना दिया था जो सामने मौजूद तालाब के हरे रंग के पानी पर पड़ती बूंदों और उनमें अठखेलियां करती काली बतखों को निहार रही थी।

उसे याद आ रहा था वो दिन जब वो बबलू के साथ ऐसे ही बारिश के दिनों में बैठी थी, और एक दिन पहले अपनी सास के मारे हुए किसी ताने को लेकर बबलू से बहस कर रही थी। एक दिन पहले ही रचना से साथ घर आ रही उसकी सास भैरवी केवट ने कहा था, ''गौरी तुम्हें रचना से सीखना चाहिए। देखो उसने सिर्फ़ देखकर ही मेरी तरह शानदार खाना बनाना सीख लिया है।''

इसके बाद तो गौरी गुस्से में भरी हुई घर भर में घूमती रही और बबलू उसे मनाने की कोशिश करता रहा और जैसे ही दोनों सीढ़ियों

पर एक दूसरे के ऊपर झुके तो बबलू ने कहा, "मां बिल्कुल सही कहती है। रचना कितना शानदार पका लेती है, वो तो बचपन से पका रही है, वो हमेशा लोगों का दिमाग पका देती है, उनका खून खौला देती है और बिना किसी छुरी की मदद के सिर्फ़ अपनी बातों से ही लोगों को टुकड़े-टुकड़े कर देती है। भला उसका मुकाबला कोई कैसे करेगा?"

आसमान में छाए तूफानी काले बादलों को देखती हुई गौरी याद कर रही थी कि कैसे उसने कभी अपने पति को निराश और उदास नहीं देखा था और एक दिन उससे पूछा था, "तुम हमेशा इतने उत्साह में कैसे रहते हो?" और इस पर चमकती हुई दालचीनी की रंगत वाले उसे पति ने मज़ाक में कहा था, "मेरे अंदर हमेशा थोड़ी सी चमक मौजूद रहती है मैडम।"

अपनी इसी तरह की बेवकूफाना मासूमियत और दिलदारी वाली बातों से बबलू ने गौरी के दिल में घर बना लिया था। वो मोहना छोड़कर इसलिए चली आई थी कि चलो इसी बहाने बबलू की अक्ल ठिकाने आ जाएगी और वो अपने अजीबोगरीब प्रयोग करने की आदत छोड़ देगा। और शायद इस दूरी की वजह से उन दोनों के बीच जो भी दिल दुखाने वाली बातें हुई हैं वो भी ख़त्म हो जाएंगी और फिर वो उसे घर ले जाएगा। लेकिन वो कब से इंतज़ार ही करती रह

गई और बबलू ने कभी उससे बात भी करने की कोशिश नहीं की।

13

आईआईटी के उस बड़े से हॉल में ट्यूबलाइटों की दूधिया रोशनी बिखरी थी और सफेद छत के बीच रखी भूरी रंग की कुर्सियों पर फैकल्टी के तमाम प्रोफेसरों के साथ ही छात्र भी बैठे हुए थे। बबलू हॉल में चल रहे डॉक्टर चटोपाध्याय के उस लेक्चर के ख़त्म होने का इंतज़ार कर रहा था जिसका विषय था: *माइक्रो ऑप्टिकल डिवाइसेज़ फॉर ऑप्टिकल लॉजिक, इंटरकनेक्ट्स एंड सिग्नल प्रोसेसिंग*।इसके बाद थोड़ी देर का चाय ब्रेक था और फिर उसे पांच मिनट के भीतर अपनी इस सैनिटरी पैड बनाने वाली मशीन का प्रदर्शन करना था।

बबलू का दिल घबरा रहा था, उसने अपनी मशीनों को स्टेज के पिछले हिस्से में बैठकर जोड़ना शुरू किया और भूख मिटाने के लिए ग्लूकोज़ बिस्किट खाने लगा कि तभी सूट पहने हुए दो लोगों ने उससे बातचीत करनी शुरू कर दी। इनमें से एक काले रंग के शख्स ने जिसका नाम डॉक्टर गुप्ता था और जिसने चश्मा लगाया था, कहा, "मेहता मुझे तीन बजे कोरिलेशन्स बिटवीन इंसुलिन रेजिस्टेंट एंड सी-पेप्टाइड विषय पर बोलना है और तुम्हें?"

दूसरे शख्स ने जवाब दिया कि उसकी बोलने की बारी कल है। इसके बाद डॉक्टर गुप्ता बबलू की तरफ़ मुखातिब हुए जिसने पुरानी सी धूसर रंग की पैंट और नीली शर्ट पहनी थी जिसके भीतर से उसकी सफेद बनियान भी नज़र आ रही थी, यहां तक कि उसके पैरों में भी बाटा की रबर की चप्पलें थीं। गुप्ता ने कहा, ''ओ लड़के, जरा चाय लेकर आ।''

ये बात सुनकर बबलू के कान सुलग उठे, उसने कोई जवाब नहीं दिया और फिर धीमे से बोला, ''सर मुझे भी यहां पर अपनी मशीन का प्रदर्शन करना है।'' डॉक्टर गुप्ता ने हैरानी भरे अंदाज़ में बबलू की तरफ़ देखा और पूछा कि वो किस इंस्टीट्यूट से आया है। बबलू ने जवाब दिया, ''सर मैं किसी इंस्टीट्यूट से नहीं हूं बल्कि मैं मोहना के सरस्वती विद्यालय से सिर्फ़ आठवीं पास हूं।'' डॉक्टर गुप्ता अपने साथी के कान में बुदबुदाए, ''मेहता अपने कैंपस में थोड़ा कीटनाशक छिड़का करो, पता नहीं यहां पर कौन-कौन से अनपढ़ बेवकूफ घूमा करते हैं।''

बबलू ने बड़ी मुश्किल से अपने गुस्से पर काबू किया और फिर गर्वीले अंदाज़ में मुस्कराते हुए डॉक्टर गुप्ता से खालिस देसी हिंदी में बोला, ''सर मैं अनपढ़ ज़रूर हूं लेकिन बेवकूफ नहीं हूं। बेवकूफ लोग समझते हैं कि कोई चीज़ अगर ज़्यादा कठिन है तो वो बेहतर

ही होगी, लेकिन एक समझदार आदमी एक कठिन चीज़ को लेकर उसे आसान बना देता है। मैं एक साधारण इंसान हूं जिसने एक आसान सी मशीन बनाई है और अब सर आप अपना बाकी गणित लगाते रहिए।''

वो टहलता हुआ गया और हाथ में एक कप चाय लेकर आया और डॉक्टर गुप्ता को देते हुए चहककर बोला, ''ये चाय लेने का सबसे आसान तरीका है, टहलते हुए चाय की मेज़ तक चले जाइए, पता नहीं लोग क्यूं इसको भी इतना कठिन मान लेते हैं।''

दस मिनट के बाद बबलू केवट मंच पर अपनी मशीन का प्रदर्शन कर रहा था और साथ में बड़ी कंपनियों के सैनिटरी पैड की कीमत और अपनी मशीन से बने पैड की कीमत की तुलना भी करता जा रहा था। मंच पर ही एक इंजीनियरिंग का छात्र भी मौजूद था जो कि बबलू की देसी हिंदी में की गई बातों को अंग्रेज़ी में वहां पर मौजूद लोगों को समझा रहा था। उसकी मशीन के प्रदर्शन पर सभी ने ज़ोरदार तालियां बजाईं।

उस शाम प्रोफेसर शर्मा भी वर्कशॉप में पहुंचे और बबलू से पूछा कि उसका प्रेज़ेंटेशन कैसा रहा। बबलू ने जवाब दिया, ''बहुत बढ़िया रहा सर, हालांकि एक आदमी वहां पर मेरी बगल में खड़ा था जैसे कि किसी नाटक में खड़ा रहता है और मेरी कही हुई हर बात का

तर्जुमा कर रहा था। मुझे लगता है कि मुझे अंग्रेज़ी सीखने की बहुत सख्त ज़रूरत है प्रोफेसर साहब। इससे मुझे काफ़ी मदद मिलेगी, अगर मेरी अंग्रेज़ी ठीक हो जाती है तो फिर मैं इंटरनेट का भी इस्तेमाल कर सकूंगा और फिर आपको हर वक्त परेशान नहीं करूंगा।''

प्रोफेसर शर्मा बबलू के मन की बात को अच्छी तरह समझ गए, आखिर उन्होंने भी अपने बचपन की पढ़ाई मोहना में हिंदी माध्यम से की थी और उन्हें अच्छी तरह याद था कि कैसे जब उनके पिता परिवार के साथ इंदौर आ गए तो उन्हें जिग्नेश्वर इंग्लिश मीडियम स्कूल में शुरुआती दिनों में भारी मुश्किलें झेलनी पड़ी थीं।

उन्होंने बबलू को अपने पोते की टीचर सरिता जगपाल का नंबर दिया जो कि स्कूल के बाद पास में ही अंग्रेज़ी सिखाने की कोचिंग चलाती थीं।

14

धूल में लिपटा काले रंग का एक स्कूटर पैलेशियल टॉवर्स नाम की पुरानी इमारत के सामने आकर रुका। सरिता ने इमारत के अहाते के एक किनारे पर स्कूटर जैसे ही खड़ा किया कि तभी एक कंधे पर मिकी माउस की पानी की बोतल और दूसरे पर अपना स्कूल बैग लटकाए उनकी बेटी मैना उनका गला पकड़कर उछलती हुई स्कूटर से उतर गई।

सरिता ने जल्दी से लॉबी में लगे लोहे के जालीदार दरवाज़े को ध्यान से खोला क्योंकि इसमें कभी भी किसी की उंगली फंस सकती थी, और फिर खड़खड़ाती लिफ्ट में दाखिल हो गई। आज का दिन काफ़ी थका देने वाला था और फिर रास्तों पर भी भारी ट्रैफिक थी।

जैसे ही लिफ्ट ऊपर की ओर बढ़ी, उसने लिफ्ट की मशीन में सातवीं मंज़िल का बटन तीन चार बार दबा दिया। उनके पास चाय पीने और मुंह धोने के लिए भी सिर्फ़ पंद्रह मिनट ही थे क्योंकि उसके बाद उनका पहला छात्र कोचिंग के लिए घर पर आ जाता था।

सरिता ने अंग्रेज़ी से बीए किया था और उसे उम्मीद थी कि किसी नामी प्राइवेट स्कूल में उसे पढ़ाने का मौका मिल जाएगा लेकिन ऐसा हुआ नहीं। इसके बजाए उसे कढ़ाई के एक कारखाने में कम पैसे और कम योग्यता की दरकार रखने वाली सुपरवाइज़र की नौकरी करनी पड़ी जिसमें हर तरह का काम करना पड़ता था और जिसकी मालकिन थी मंदिरा सिद्धवानी।

अपना घर चलाने के लिए और अपनी पढ़ाई का इस्तेमाल देश की शिक्षा व्यवस्था को मज़बूत करने के अपने सपने को पूरा करने के लिए वो शाम को ट्यूशन क्लास लेने लगी जिसमें वो बीच की क्लास के स्कूली बच्चों को गणित और विज्ञान के साथ ही एक और विषय पढ़ाती थी, जिसका नाम उसने दिया था ''टॉकिंग फर्स्ट क्लास

इंग्लिश'', वैसे ये नाम रखने का आइडिया उसे एक अख़बार में छपे विज्ञापन को देखकर आया था।

एक ऐसे देश में जहां अभी भी लोग औपनिवेशिक मानसिकता से मुक्त नहीं हो पाए थे वहां पर आपकी बुद्धिमत्ता का अंदाज़ा आपकी काबिलियत से नहीं बल्कि अंग्रेज़ी बोलने की आपकी क्षमता से तय होता था, हालांकि ये वैसी अंग्रेज़ी थी जिसमें भारी-भरकम मुहावरों का इस्तेमाल शान बढ़ाने के लिए किया जाता था और अगर ऐसी अंग्रेज़ी आप किसी अंग्रेज़ के सामने बोल दें तो वो आपसे नाराज़ हो जाए, जैसे कि *एंट्री फ्रॉम बैकसाइड ऑनली।* लिहाज़ा ऐसे माहौल में उसकी क्लास की मांग काफ़ी बढ़ गई।

अपनी बेटी मैना के हाथ में एक केला और उसकी तुड़ी-मुड़ी सी किताब द जकार्ता टेल्स पकड़ा करके वो चाय चढ़ाने किचन में गई ही थी कि तभी दरवाज़े की घंटी बजी। दरवाज़े की दूसरी तरफ़ अपने टूटे दांत के छेद दिखाते हुए मुस्कान बिखेरता उसका छात्र अरविंद शर्मा था और उसके ठीक पीछे एक लंबा सा पतली मूंछों वाला घबराया हुआ शख्स मौजूद था।

ये एक नया छात्र था जिसकी सिफारिश प्रोफेसर शर्मा ने की थी। हालांकि आमतौर पर वो स्कूली बच्चों को ही पढ़ाती थी। सामने खड़े बेहद सामान्य नज़र आने वाले इंसान को देखकर उसने सोचा

कि अगर प्रोफेसर शर्मा ने इसकी सिफारिश की है तो फिर ज़रूर ये इंसान कुछ ख़ास होगा।

बबलू उस छोटी-सी बैठक वाले कमरे में दाखिल हुआ और सरिता के इशारे पर लकड़ी की मेज़ पर बैठ गया। अरविंद भी उसकी बगल में बैठ गया और अपने स्कूल बैग को एक तरफ़ रखकर उसमें से अपनी किताबें निकालने लगा।

बबलू ने अपने सामने मौजूद सभ्य और सुसंस्कृत नज़र आने वाली महिला को देखा जिसने नीले रंग का सलवार-कमीज़ पहना हुआ था और उसका चश्मा बार-बार नीचे सरक जा रहा था जिसमे वो अपनी उंगली से ऊपर करती रहती थी।

उसने सबसे पहले वही लाइन बोली जिसे वो ठीक से बोल सकता था, *आई माईसेल्फ प्रभाष केवट दिस साइड।* ये सुनकर सरिता थोड़ी चौंकी और फिर बोली, ''ये किस साइड की बात कर रहे हो, भारत की साइड की या फिर पाकिस्तान की साइड? ये वाक्य गलत है।''

बबलू को जैसे झटका सा लगा, अब वो हिंदी में बोला, ''कैसे मैडम, अगर आप मेज़ की दूसरी तरफ़ हों तो फिर स्वाभाविक है कि मैं मेज़ के इस तरफ़ हूं।''

अब तो अरविंद ने भी हंसना शुरू कर दिया और सरिता मुस्कराते

हुए बोली, "मुझे लग रहा है कि मुझे काफ़ी मेहनत भरा काम मिला है, और हां मुझे सरिता कहा करो।" उसने अरविंद को कुछ सवाल हल करने को दिए और फिर एक अल्फाबेट चार्ट निकाला जिस पर लिखा था, *लेसन-2 इंग्लिश ग्रीटिंग्स, इंट्रोडक्शंस एंड फेयरवेल्स* और बबलू को पढ़ाना शुरू कर दिया।

15

आसपास से तेज़ी से गाने बजाते हुए और तमाम दिलचस्प नारे लिखे हुए ट्रक और जीपें गुज़र रही थीं। दिसंबर के मौसम का मज़ा लेते हुए बबलू अपने कारखाने में पड़ोस के रेस्तरां चलाने वाले कैलाश साहू के साथ बैठा था। कैलाश के रेस्तरां का नाम महफिल था जो कि भुट्टे की खीर के लिए मशहूर था, ये ऐसा व्यंजन था जिसे ताज़ा भुट्टे को घी में भून करके और फिर दूध और शकर मिलाकर तैयार किया जाता था।

इन लोगों के साथ ही आदित्य जोशी भी पास की दीवार से टेक लगाकर खड़ा था जो भोपाल के जनगणना कार्यालय में जूनियर अधिकारी था और आए दिन इंदौर आता-जाता रहता था।

हालांकि अभी शाम के सात भी नहीं बजे थे लेकिन कैलाश ने अभी से देसी दारू पीनी शुरू कर दी थी जबकि बबलू और आदित्य

जोशी पास की चाय दुकान की वो चाय पी रहे थे जिसके बारे में उन्हें यकीन था कि ये सुबह से इस्तेमाल हो रही एक ही चायपत्ती से तैयार की गई थी।

एक और ट्रक शोर मचाता हुआ बगल से गुज़रा, वोट फॉर शैलेश सिंह पवार, वोट फॉर बीजेपी। ट्रक की तरफ़ इशारा करते हुए कैलाश ने कहा, "बबलू, तुमको क्या लगता है इस बार के चुनाव में कौन जीतेगा?"

बबलू ने जवाब दिया, "इसमें सोचना क्या है, तीन बार से वही ठग पवार जीत रहा है और इस बार भी वही जीतेगा।"

आदित्य जोशी ने बीच में टोका, "ओफ्फो बबलू भइया, अच्छा है ना कि भारतीय जनता पार्टी जीत रही है। देखिए इस सरकार में पूरे मध्य प्रदेश की आबादी सिर्फ़ बीस फीसदी के हिसाब से बढ़ी जबकि पहले की कांग्रेस की सरकार में तो ये चौबीस फीसदी के हिसाब से बढ़ रही थी, तो इस लिहाज से हमने तरक्की तो की है ना।"

बबलू बोला, "आदित्य भाई, आबादी तो रुक गई लेकिन वो सरकार की वजह से नहीं रुकी है बल्कि केबल टीवी वालों की वजह से रुकी है। वो ही रविवार को पूरे दिन एक से बढ़कर एक फिल्में दिखाकर नौजवानों को करीब आने से रोके रखते हैं तो इस लिहाज से तो वो अकेले ही आबादी पर रोक लगाने के ज़िम्मेदार हैं।"

"आबादी पर रोक लगाने का ये तरीका तो सरकार के तमाम प्रचार वाले साधनों से ज़्यादा कारगर है। वो लोग तो सिर्फ़ फ्री में कॉन्डोम बांटते हैं और ये सोचते हैं कि ये आबादी रोक लेगा लेकिन हमारे होनहार शहरी उन कॉन्डोम को बचा लेते हैं और होली में गुब्बारे बनाने में इस्तेमाल करते हैं।"

आदित्य जोशी ने अपने कंधे की तरफ़ देखा और उसकी नज़र उन छोटी सैनिटरी पैड बनाने की मशीनों पर पड़ी जिसे बबलू ने वेल्डिंग के ज़रिए स्थायी तौर पर कारखाने में जमा लिया था। उसने कहा, "बबलू भइया, तुम्हें तो प्रार्थना करनी चाहिए कि केबल कंपनी वाले हिट फिल्में दिखाते रहें और हमारे होनहार शहरी लोग कॉन्डोम का इस्तेमाल उसी काम के लिए करें जिसके लिए यह बना है। वरना तुम्हारे सैनिटरी नैपकिन तो कोई खरीदेगा ही नहीं, चाहें वो जितने सस्ते हों।"

बबलू को कुछ समझ में नहीं आया, उसने पूछा, "कैसे, बबलू भइया?"

"क्योंकि फिर तो सब औरतें गर्भवती हो जाएंगी ना।" आदित्य बोला और फिर वो और कैलाश दोनों ठहाका मारकर हंस पड़े कि तभी कारखाने का फोन घनघना उठा।

दूसरी तरफ़ से प्रोफेसर शर्मा बड़े उत्साह में बोले, "केवट, अच्छी

ख़बर है।'' उन्होंने चहकते हुए आगे कहा, ''तुम्हारा प्रेज़ेन्टेशन देखने के बाद आईआईटी ने तुम्हारी मशीन का नाम नेशनल इनोवेशन अवार्ड के लिए भेजा था। और तुम्हारी कम कीमत में सैनिटरी नैपकिन बनाने की मशीन को इंजीनियरिंग की श्रेणी में पहला स्थान मिला है। तुम्हें इस बात पर गर्व करना चाहिए क्योंकि इस श्रेणी में नौ सौ तिरालीस लोगों ने आवेदन किया था।''

बबलू को लगा कि वो खुशी के मारे बेहोश ही हो जाएगा। उसकी धड़कन तेज़ हो गई और वो मुश्किल से इतना भर ही बोल सका, ''मुझे इस पर यकीन नहीं हो रहा है प्रोफेसर साहब, ये सब कैसे हो गया?''

इस पर प्रोफेसर ने बताया, ''वहां पर बहुत सारे लोगों ने आवेदन किया था, जैसे कि कैसे समुद्र के पानी से सोना निकाला जाए, कैसे चांद पर छोटे रास्ते से पहुंचा जाए, या फिर कैसे गोबर से कार चलाई जाए, ये सारे आइडिया नोटबुक और सीडी के ज़रिए भेजे गए थे। सिर्फ़ तुम्हारी ही एक मशीन सीधे वहां पेश की गई थी और फिर इससे समाज को कितना बड़ा फायदा होता!''

''एक और बात है केवट,'' प्रोफेसर ने आगे कहा। ''तुम्हें पेटेंट के लिए जितना जल्दी हो सके आवेदन कर देना चाहिए। इस देश में ऐसे काहिल और धूर्त लोग बसे हैं जो दूसरों की मेहनत का फल

लूटने में सबसे आगे रहते हैं। तुम कल घर पर आओ और हम इस बारे में बात करेंगे।''

हालांकि ये बात सुनकर बबलू का मन खट्टा हो गया था क्योंकि प्रोफेसर आमतौर पर इस तरह की भाषा का इस्तेमाल नहीं करते थे, लेकिन फिर भी उसने तय किया वो प्रोफेसर के घर पर कल शाम नियत समय पर पहुंच जाएगा।

16

गौरी अपनी छोटी बहन विजया के साथ नरसिंह मंदिर में खड़ी थी। मंदिर में श्रद्धालुओं की ज़बर्दस्त भीड़ थी जो फूल, फल और सिक्कों का चढ़ावा चढ़ा रहे थे।

दोनों बहनों ने मंदिर का घंटा बजाया और मंदिर में लगी भगवान की मूर्तियों के सामने सिर झुकाया। उनका माथा मंदिर के मोज़ैक से बने फर्श को छू रहा था और वे मन ही मन प्रार्थना कर रही थीं।

गौरी ने मन में हमेशा की तरह अपने पति की गैरमौजूदगी के बारे में सोचते हुए भगवान विष्णु से अपने जीवन के कठिन समय में सही रास्ता दिखाने की प्रार्थना की। फिर उसने मंदिर परिसर में लगे पीपल के पेड़ के चारों तरफ़ परिक्रमा की और गेट की तरफ़ बढ़ गई।

वापसी में गौरी कुछ ज़्यादा ही चुपचाप थी। जब उसकी बहन ने

इसकी वजह पूछी तो वह बोली, ''मैं बस उस वक्त को याद कर रही थी जब मैं उनके साथ उज्जैन के हनुमान जी के मंदिर गई थी। वहां सभी एक चमत्कार के बारे में बात कर रहे थे। हमने वहां लगी हनुमान ज़ी की भव्य मूर्ति देखी। वो मूर्ति बहुत बड़ी थी। उनका मुकुट चमचमाते सोने का था और उनकी आंखें इतनी सजीव और करुणा से भरी कि पूछो ही मत।

''पूरा मंदिर जय बजरंग बली के जयकारों से गूंज रहा था। पंडित जी ने हनुमान जी के मुंह में एक नारियल रख दिया। हनुमान जी ने अपना मुंह बंद कर लिया और कुछ ही पलों में रेशमी वस्त्र से लिपटे उनके हाथ में टूटा हुआ नारियल प्रसाद के रूप में मौजूद था।

''मैंने तुम्हारे जीजाजी से कहा,"यह कितना अच्छा है, जल्दी चलो। हम लोग भी नारियल खरीदकर चढ़ाएं और प्रभु का आशीर्वाद लें।'' वह मेरी इस बात पर हंसते हुए बोले, "गौरी यह अच्छा तो बहुत है पर यह भगवान नहीं कर रहे हैं बल्कि एक मशीन कर रही है। हनुमान जी के मुंह के अंदर दांतों की जगह एक हथौड़ा लगा है जो नारियल के टुकड़े कर देता है और फिर एक पाइप के ज़रिए वो टुकड़े उनके हाथ में आ जाते हैं।"

"मैंने उन्हें डांट लगाई तो वह मुझे ही चिढ़ाने लगे, "तुम अगर एक टार्च में बैटरी लगाकर एक कमरे में रोशनी कर सकती हो तो इसका

मतलब यह नहीं है कि आकाश से कोई छोटा सा तारा टूटकर गिर गया है। और जब तुम रेडियो का प्लग लगाकर उसे बजाती हो तो क्या तुम यह समझती हो कि किशोर कुमार का भूत तुम्हारे घर में घूम-घूमकर गाने सुनाता है? लेकिन तुम्हें एक बात पता है, मुझे तो उस रेडियो को पीछे से खोलकर यह देखने में बहुत मज़ा आता है कि वह काम कैसे करता है। क्या बढ़िया तकनीक है, मानना पड़ेगा।"

"विजया ईश्वर के बारे में यह सब सुनकर मुझे तो इतनी घबराहट हुई कि मैंने अपने कान बंद कर लिए और हनुमान चालीसा पढ़ने लगी। पर कुछ दिनों के बाद वो बाजार से एक खिलौने वाली कार लेकर आए। वही जिसमें चाभी भर दो तो तेज़ी से आगे की तरफ़ भागती है। फिर उन्होंने एक गुड़िया और पुरानी घड़ी के पुर्जे जोड़कर एक कठपुतली सी बनाई जिसके मुंह में करौंदा रख दो तो वह उसके टुकड़े कर देती थी।"

विजया ने जवाब दिया, "दीदी आप हर वक्त उनके बारे में ही बातें करती रहती हैं। आप उन्हें चिट्ठी लिखकर यह क्यों नहीं कहतीं कि वह आकर आपको ले जाएं? आखिर वह अब भी आपके पति हैं।"

गौरी बुदबुदाई, "मैं तुम्हें बता नहीं सकती कि मोहना छोड़कर मैं कितना पछता रही हूं। मैं सारे तानों और अपनी तरफ़ उठती उंगलियों से कहीं दूर भाग जाना चाहती हूं। पर इससे क्या होगा? यहां सारी

औरतें भी मुझे अजीब नज़रों से देखती हैं क्योंकि मैं अपने पति से अलग रहती हूं। मैं उन सभी की "बेचारी गौरी" और "अब गौरी का क्या होगा" जैसी कानाफूसियों से तंग आ चुकी हूं। पर मैं चिट्ठी भेजूं भी तो कहां विजया? किसी को नहीं पता कि वो कहां हैं। कुछ लोग कहते हैं कि वो बिहार चले गए, कुछ कहते हैं कि वो इंदौर में रहते हैं। पर किसी के पास भी न तो उनका पता है और न ही कोई फोन नंबर।"

17

बबलू केवट और उसका अनोखा आविष्कार, दोनों ही इस वक्त इंदौर-देहरादून एक्सप्रेस में यात्रा कर रहे थे। बबलू अपना सिर खिड़की से टिकाए अख़बार पढ़ रहा था। उसका पेट उन दो गर्मागर्म समोसों से भरा हुआ था जो उसने 10 मिनट पहले ही विक्रम नगर स्टेशन पर खाए थे। जैसा कि ट्रेन की यात्रा में अक्सर होता है, सामने बैठे अजनबी शख्स ने उससे ऐसे ही बातचीत शुरु कर दी।

उसका नाम प्रशांत बत्रा था पर वह ख़ुद को प्रैट कहलाना पसंद करता था। उसके बाल बेहद अजीब थे और उसकी घनी भौहों के काफ़ी करीब से ही उगे हुए थे। वह एक पत्रकार था जिसने हाल ही में गार्डियन के लिए उज्जैन के कुंभ मेले पर एक ख़ास स्टोरी की थी,

और अब दिल्ली लौटने से पहले वह कुछ दिन ऋषिकेष में व्हाइट वाटर राफ्टिंग करने जा रहा था।

बबलू की तरफ़ ज़रा झुकते हुए उसने ट्रेन के शौचालयों की खराब हालत की शिकायत करनी शुरू की। बबलू अपनी कमज़ोर अंग्रेज़ी के बावजूद उससे बात करके खुशी महसूस कर रहा था। फिलहाल वह ढंग से एक ही अंग्रेज़ी की लाइन बोल पाता था जो उसने बहुत मेहनत से रटी थी, *''माई नेम इज़ प्रभाष केवट। नाइस टु मीट यू।''*

''देखिए प्रैट भाई,'' उसने मुसकुराते हुए कहा, ''शौचालय को शौचालय की तरह मत देखिए। इसे एक ऐसे यंत्र की तरह समझिए जिसे हमारी महान सरकार ने देश और जनता की भलाई के लिए बनाया है। इससे देशवासियों में रोग प्रतिरोधक क्षमता बढ़ती है, साथ ही जनसंख्या नियंत्रण भी होता है। जैसे ही आप ट्रेन के शौचालय में प्रवेश करते हैं, सारे देश से जमा हुए कीटाणु आपसे कबड्डी खेलने के लिए तैयार होते हैं। शुरुआत में आपको डायरिया, हैजा या कोई और बीमारी हो सकती है।

अगर आप उस बीमारी से मर गए, तो जनसंख्या नियंत्रण होगा, और अगर आप बच गए तो आप हमेशा स्वस्थ्य रहेंगे क्योंकि आपने शौचालय वाला टीकाकरण करा लिया है। अब आपके अंदर सारे कीटाणुओं से लड़ने की क्षमता आ चुकी है। दोनों हालत में जीत

आपकी ही है प्रैट भाई।''

प्रशांत बत्रा अपनी गर्दन से पसीना पोंछते हुए उसकी विलक्षण और अजीब सोच पर हंस पड़ा।''आप सरकारी कर्मचारी हैं?''

बबालू हंस दिया, ''नहीं मैंने अपने जीवन में कई काम किए हैं पर कभी ऐसी नौकरी नहीं की जहां लोग ज़्यादा से ज़्यादा वक्त इस कोशिश में बिताते हैं कि उन्हें कम से कम काम करना पड़े। मैं सस्ती दरों पर तैयार होने वाले सैनिटरी नैपकिन बनाता हूं।''

प्रशांत को सामने एक अच्छी स्टोरी नज़र आ रही थी। उसने बबलू से अपने काम के बारे में और बताने का आग्रह किया और अपने थर्मस से दोनों के लिए दूधवाली मीठी चाय निकालने लगा।

बस फिर क्या था, बबलू अपनी मुश्किलों और रुकावटों से भरी कहानी सुनाने लगा जिसमें आखिर में जीत उसकी होती है और जिसके लिए एक साल पहले ही उसे इनोवेशन अवार्ड भी दिया गया था। उसने बताया कि अपनी मशीन को पेटेंट कराने के बाद किस तरह धीरे-धीरे उसे समझ में आया कि उसके हाथ कितनी बड़ी चीज़ लग गई है।

''प्रैट भाई, मेरे पास दो विकल्प थे कि या तो मैं अपना पेटेंट किसी दूसरी कंपनी के हाथ बेच दूं और पैसे कमा लूं। या फिर मैं अपने देश की महिलाओं की भलाई के लिए कुछ करूं। एक दिन

मेरा एक कर्मचारी अपनी रिश्तेदार महिला भारती को मुझसे मिलाने के लिए लाया। उसने कहा कि उस महिला को नौकरी की बहुत ज़रूरत है। वह एक छोटे कद की महिला थी जिसके बाल बिखरे हुए थे, ब्लाउज़ फटा हुआ था और साड़ी का रंग पूरी तरह उतर चुका था।''

''मैंने उसे काम पर रख लिया और छह महीने बाद ही मुझे काफ़ी बदलाव नज़र आने लगा। अब उसके पास नई साड़ी थी, उसका बेटा स्कूल जाने लगा था। मुझे यह भी महसूस हुआ कि मेरी ग्राहक एक महिला से अपने मासिक धर्म के बारे में बात करने में ज्यादा सहज महसूस करती थीं।

''मुझे यह समझ आने लगा था कि कि जब एक महिला का आर्थिक स्तर सुधरता है तो उसके पूरे परिवार की हालत में सुधार आता है, जबकि पुरुषों पर यह बात लागू होना ज़रूरी नहीं है।

''पुरुष कई बार अपने कमाए पैसे ख़ुद पर ही खर्च कर देते हैं, कई नई बाइक लेकर, कई शराब और दोस्तों पर। लेकिन एक महिला अपने सारे पैसे अपने बच्चों पर खर्च करती है। और तब मैंने यह फैसला लिया कि मैं अपनी बनाई मशीन सिर्फ़ महिलाओं को ही बेचूंगा जिससे वो ख़ुद की सैनिटरी पैड बनाने की इकाई शुरू कर सकें। इससे उन्हें रोज़गार भी मिलेगा और उनके पास-पड़ोस की

महिलाओं को सस्ती दरों पर सैनिटरी नैपकिन भी मिल सकेंगे।''

फिर बबलू अपने शुरुआती दिनों के संघर्षों को याद करने लगा जहां उसने रूई के व्यापारी की मदद से काम शुरू किया था। ''मैंने महिलाओं से बात करना शुरू किया था, प्रैट भाई सीधे मासिक धर्म के बारे में नहीं, ऐसा करने पर तो सारे बिहारी बाबू मुझे इतना पीटते कि मुझे एक बार फिर सैनिटरी पैड की ज़रूरत पड़ जाती वह भी नाक से बहता खून रोकने के लिए। मैंने उनसे रोज़गार से जुड़ने की बात की और वे सब बहुत उत्साहित हो गईं।

''मैंने अपनी मशीनें महिलाओं के समूह में बेचनी शुरू कीं, ये महिलाएं अपने साथ और महिलाओं को जोड़कर सैनिटरी नैपकिन बनाने की इकाई चलाने लगीं। ये अपने पास-पड़ोस की महिलाओं को ये सैनिटरी पैड्स बेचती थीं, कभी पैसों से तो कभी अंडे या फिर प्याज़ के बदले।

''और आज इनमें से कई पूरी तरह आत्मनिर्भर बन चुकी हैं। आपने वह कहावत तो सुनी होगी कि अपनी मांद में एक बिल्ली भी शेरनी बन जाती है, यह सारी औरतें अब अपनी गुफाओं में दहाड़ रही हैं।'' वह हंस दिया।

''मैं इसी मॉडल पर दूसरे प्रदेशों में भी काम करना चाहता हूं। और मेरी अगली मंज़िल उत्तराखंड है।''

प्रशांत उसकी इसकी अद्भुत कहानी को बुत बनकर सुन रहा था। वह बोला, ''बहुत बढ़िया, तो तुमने सैनिटरी नैपकिन को महिलाओं की सुरक्षा चादर में बदल दिया।''

बबलू को उसकी बात समझ नहीं आई, ''मैं भला सैनिटरी नैपकिन बनाकर उन्हें एक साथ सिलकर एक चादर क्यों बनाऊंगा जबकि मैं मूलचंद बाज़ार से 75 रुपए में एक बनी बनाई चादर खरीद सकता हूं? आप मेरी बात समझ नहीं पाए।''

प्रशांत ठहाका लगाकर हंसा और खड़े होते हुए बोला, ''मैं समझ गया मेरे दोस्त। पर अभी कुछ देर के लिए इजाज़त लूंगा।'' उसने अपने बैग से टॉयलेट पेपर रोल निकाला, एक पानी की बोतल और बबलू का दिया हुआ लक्स साबुन लेकर ट्रेन में अपने संतुलन और सफाई का परीक्षण करने के लिए बढ़ गया।

ट्रेन एक तरफ़ को झुकी तो प्रशांत बत्रा दूसरी तरफ़ दीवार से टकरा गया। उसका पैर टॉयलेट सीट में जाते जाते बचा। उसने अपनी पैंट की मोहरी को थोड़ा ऊपर खींच लिया जिससे वह इस हिलते डुलते जाल से ख़ुद को बचा सके। ऐसा करने में उसकी खाकी पैंट की पीछे की जेब से कुछ सिक्के और उसका मोबाइल फोन टॉयलेट सीट से होता हुआ बाहर पटरियों पर गिर गया। किसी तरह उसने सामने की जेब में रखा अपना पर्स संभाला।

इस हादसे से बौखलाया प्रशांत अपने कंपार्टमेंट में वापस आया और उसने बबलू को अपने साथ हुई घटना के बारे में बताया। बबलू ने फौरन अपने पुराने से घिसे हुए सूटकेस से हाल ही में खरीदा गया बड़ा सा एरिक्सन फोन निकाला और बोला, "प्रैट भाई परेशान मत हों, जो मेरा है वह आपका भी है। जब भी भगवान और मोबाइल टावर की कृपा से सिग्नल आपका साथ दे आप इसे इस्तेमाल कर सकते हैं।''

कई घंटे बाद जब बबलू देहरादून स्टेशन पर उतरा तो प्रशांत भी उसके साथ उतर गया। उसने अपने इस नए दोस्त के साथ पहाड़ी गांवों में घूमने का फैसला किया था।

किस्मत ने उसे बबलू केवट से मिलवाया था और उसे पता था कि उसके पास अब एक सच्ची और अच्छी स्टोरी है। एक ऐसी स्टोरी जिसके बारे में दुनिया जानना चाहेगी। ट्रेन से उतरते वक्त उसने बबलू से कहा था, ''ज़िंदगी महज़ आंखमिचौली का खेल ही तो है।''

18

आशा रानी नौटियाल अपनी झोंपड़ी के बाहर खड़ी थी। उसके माथे पर चिंता की गहरी लकीरें थीं और आंखें सिकुड़ी हुई थीं।

उसने सलवार कमीज़ के ऊपर पहने हुए बरगंडी रंग के स्वेटर के आगे के सारे बटन कसकर बंद कर रखे थे। वह अपने पति से पैसे मांगने के बाद होने वाली जबरदस्त बहस के लिए पूरी तरह तैयार थी।

वह उससे भिड़ने के इरादे से झोंपड़ी में दाखिल हुई पर उसका सामना पति की नंगी पीठ से हुआ। वह हमेशा की तरह नशे में धुत बेहोशी की हालत में पड़ा था। उसकी अंडरवियर उसके घुटनों के पास फंसी हुई थीं और पुराना सा भूरा स्वेटर उसके पेट पर चढ़ा हुआ था। पूरा कमरा शराब और पेशाब की बदबू से भरा हुआ था। उसने उसे झिंझोड़ कर उठाया।

ऋधिम नौटियाल ने अपनी लाल आंखें धीरे से खोलीं। गहरी नींद से जगाए जाने पर नाराज़ उसने अपनी पैंट ऊपर खींची और आशारानी पर गालियों की बौछार कर दी। उसने उसके लंबे घुंघराले बालों से पकड़ा, और उसके सिर पर लगातार तब तक मुक्के बरसाता रहा जब तक वह ख़ुद को छुड़ाकर बाहर निकलकर भाग नहीं गई। आज उसके पास से एक भी पैसा मिलने वाला नहीं था।

आशा थके कदमों से अपने तीन साल के बेटे की तरफ़ बढ़ी जो उनकी थोड़ी सी बकरियों और चूज़ों के बाड़े के पास मिट्टी में खेल रहा था। उसने अपने झोंपड़े के पीछे छोटे से खेत को देखा जो उसने ख़ुद जोता था। उसे उम्मीद थी कि वह सूखा हुआ सा पुतला उसके

अमरूदों से लदे बाग को बंदरों से बचा सकेगा। उसने अपने बेटे को खींचकर अपनी गोद में बिठा लिया। वह उसकी ऊनी टोपी उतारकर उसके सिर में से जूंएं निकालने लगी। हर बार जब वह जूं को अपने नाखूनों के बीच रखकर ज़ोर से दबाती तो ज़ोरदार आवाज़ आती।

दरवाज़ा खुला और उसका पति लड़खड़ाता हुआ बाहर आया। उसके ऊपर एक नफरत भरी नज़र डालकर वह गांव के बीच जाने वाली पतली सी सड़क पर आगे बढ़ गया। वह नहीं जानती थी कि वह अब रात के खाने के वक्त वापस आएगा या फिर कई दिनों तक गायब रहेगा।

आसमान का रंग गुलाबी और सुनहरा सा हो गया था। आशारानी दिन को ढलते हुए देखती रही। उसका बेटा उसकी गोद में सिकुड़कर सो गया था। उसने अपना ज़ख्मी चेहरा बर्फ से ढंके पहाड़ों की तरफ़ घुमाते हुए सोचा कि क्या भगवान ने उसके लिए कुछ और भी सोच रखा है या फिर उसकी किस्मत में यह रोज़ की मारपीट ही है।

19

बबलू और प्रशांत सरपंच के आंगन में पहुंच चुके थे जो बैठक के काम भी आता था। स्वयंसेवी संस्था बंधु, जिसने बबलू को वहां बुलाया था, उसके दो सदस्यों की मदद से वहां तीन मेज़ें लगाकर

उस पर मशीनें रख दी गई थीं। इस वक्त उस आंगन में भीड़ जमा हो चुकी थी जो बबलू के इस कारनामे को देखने के लिए बेताब थी।

बबलू ने उनके सामने मशीन चलाकर दिखाई, उन्हें उत्पादन की लागत के बारे में बताया, मशीन की कार्यप्रणाली और कितनी जल्दी वह मुनाफा कमा सकते हैं इसकी जानकारी दी। बिहार में काम करके बबलू को यह समझ आ चुका था कि अगर वह सेहत और सफाई के बारे में बात करेगा तो दर्शकों का ध्यान भटक जाएगा पर अगर वह घाटे और मुनाफे की बात करेगा तो सबकी दिलचस्पी बनी रहेगी।

चावल व्यापारी हरीश नेगी ने सबसे पहले हाथ उठाकर मशीन को परखने की इच्छा जताई। वह बोली लगाने से पहले तसल्ली कर लेना चाहता था। बबलू ने कहा, ''भाई यह उत्पाद महिलाओं के लिए है और वहीं इसका उत्पादन करेंगी। मैं यह मशीन सस्ते दामों पर सिर्फ़ इसलिए बेच रहा हूं जिससे महिलाओं का फायदा हो और उनको रोज़गार मिल सके।''

उसकी बात उस आंगन में गूंज रही थी। बात जो बहुत साधारण थी पर उसमें क्रांति की आहट थी। कुछ पलों के सन्नाटे के बाद पीछे खड़ी एक महिला ने हाथ उठाया। उसका चेहरा चोट से नीला पड़ा हुआ था और उसकी गोद में एक बच्चा दबा हुआ था।

आशारानी नौटियाल ने अपने पास रखे कुछ सोने के जेवर बबलू को देकर वह मशीन लेनी चाही। ज़ेवरों के नाम पर उसके पास फूलों की डिज़ाइन वाले एक जोड़ी झुमके थे और नाक की कील थी जो उसकी दादी की थी। इतने गहने तय कीमत से कम थे तो उसने अपनी दो बकरियां और एक मुर्गी देकर मशीन को खरीद लिया।

ऐसा करके उसने एक अनजान खाई की तरफ़ छलांग लगा दी थी, पर वह करती भी क्या? उसकी हालत पहले ही उस इंसान की तरह थी जो ऐसी चट्टान के किनारे खड़ी थी जो उसके कदमों तले दरक रही थी।

इस दौरान प्रशांत बबलू के साथ हर जगह गया और इस बीच उसका कैमरा, डायरी और पेन लगातार काम करते रहे। बबलू ने कैसे आशारानी को उसकी अपनी छोटी सी इकाई लगाने में मदद की, कैसे बंधु एनजीओ के मेहता जी ने उसके उत्पाद को आसपास के गांव तक वितरित करने में मदद की यह सब उसने बेहतरीन ढंग से कागज़ों में सहेज लिया। इसके बाद वह और बबलू इंदौर लौट आए।

20

बाहर होती मूसलाधार बारिश को देखकर सरिता ने भगवान का शुक्रिया अदा किया कि उसे मनीषा की गोदभराई के लिए बस तीन

फ्लोर नीचे ही जाना है। पर उससे पहले उसे अपनी क्लास ख़त्म करनी थी और अगली सुबह के लिए अपना और मैना का टिफिन भी तैयार करना था।

वह मैना को दूध का ग्लास देकर अपने छोटे से रसोईघर में आ गई। स्टील के भगोने में चावल गैस पर चढ़ाकर प्याज़ और बैंगन काटने लगी। सब्ज़ियों को धीमी आंच पर पकता छोड़कर उसने मैना के मुंह पर दूध से बनी मूंछें साफ़ कीं। उसने मैना को जल्दी से हरी सलवार कमीज़ पहनाई। हालांकि मैना के लिए वह सलवार कमीज़ छोटी हो चुकी थी पर उसने सलवार को ज़रा नीचे खिसकाकर बांध दिया जिससे वह छोटी ना लगे। फिर उसने उसके बालों की सादी सी चोटी बना दी।

रसोईघर में वापस जाकर सरिता ने एक पतीली में पानी और टमाटर डालकर धीमी आंच पर पकने के लिए रख दिया। फिर वह अपने दुबले शरीर पर मैजेंटा रंग की सिल्क की सारी लपेटने लगी जिसमें मोर की कढ़ाई थी।

उसने बारीकी से साड़ी में छह प्लेटें बनाई और फिर पल्ले को कंधे पर डालकर ब्लाउज़ में सेफ्टी पिन से टांक दिया। वह लगातार एक पुराना हिंदी गाना गुनगुना रही थी, और बीच बीच में गैस पर पक रही करी को भी चलाती जा रही थी कि इसी बीच दरवाज़े पर घंटी बजी।

दरवाज़े पर बबलू केवट खड़ा था। पिछले कई महीनों से वह उसके पास अंग्रेज़ी सीखने आता रहा था। इस दौरान वह हमेशा सादे से सलवार कमीज़ में, अपने घुंघराले बालों की चोटी बनाए और कभी नाक तो कभी सिर पर हेयरबैंड की तरह चश्मा चढ़ाए उसके सामने आती रहती थी।

उसे साड़ी पहने देख वह अनायास ही अपनी टूटी फूटी अंग्रेज़ी में बोला, ''सरिता जी *आई वेंट आउट ऑफ़ टाउन फॉर सम डेज़ एंड यू आर फुल्ली चेंज्ड। वेरी टिप टॉप टुडे। यू आर लुकिंग वेरी नाइस।*''

सरिता कुछ नाराज़गी से बोली, ''प्रभाष, यह ठीक बात नहीं है।'' शर्मिंदगी से बबलू का चेहरा लाल हो गया, उसे चिंता हुई कि कहीं उसने ज़रूरत से ज़्यादा तो नहीं बोल दिया। फिर वह हंस पड़ी, ''अभी मैंने तुम्हें टिपटॉप और फुल्ली चेंज्ड तो पढ़ाया ही नहीं है। पर मैं कहूंगी कि तुम्हारा *यू आर लुकिंग वेरी नाइस* वाला पार्ट बिलकुल सही था।''

और इस तरह उसके अपार्टमेंट में दाखिल होने से पहले ही उसका पाठ शुरू हो चुका था।

२1

फर्राटा चलता हुआ पंखा बबलू को जाड़े की सर्द हवा के झोंके दे

रहा था। बबलू इस समय एक लुंजपुंज हो चुके सोफे पर बैठा था जो कि उसके हाल ही में झंडा चौक के पास किराए पर लिए गए एक बेडरूम फ्लैट की बैठक में पड़ा हुआ था। लगभग जम रहे मटर पनीर और सर्द पड़ी रोटियों के टुकड़े वाली प्लेट को पैरों पर रखकर संतुलित रखने की कोशिश करते हुए उसने छोटी को अपनी बगल में बैठाया और सरिता जगपाल के बारे में सोचने लगा। वैसे ये ख्याल उसके दिमाग में पिछले कुछ महीनों से बार-बार आ रहा था। उसके जेहन में बार-बार याद आता था कि कैसे सरिता उसका नाम लेती थी, प्रभाष।

किसी महिला ने आज तक उसे उसके पहले नाम से नहीं बुलाया था। मोहना में अपने साथियों और दोस्तों के साथ ही परिवार के लिए भी वो सिर्फ़ बबलू ही था। यहां तक कि गौरी ने भी कभी उसका नाम नहीं लिया था। वो हमेशा उसे ''सुनो जी'' कहकर बुलाती थी, ये वो शब्द है जिसके सहारे गौरी ही नहीं बल्कि हिंदुस्तान की लगभग सभी औरतें अपने पतियों को बुलाती हैं।

वैसे ये जुमला ऐसा है कि इससे कुछ ख़ास फायदा तो नहीं होता है बल्कि ज़्यादा गलतफहमी तब हो जाती थी जब भीड़ भरे बाज़ार में कोई महिला आवाज़ लगाती थी, ''सुनो जी बहुत हो गया, अब ये फालतू की बात बंद करो'', और बस उसके ऐसा कहते ही लगभग

पंद्रह मर्द अपना काम तुरंत रोक देते थे और फिर जब पलटकर देखते तो पता चलता था कि ये तो किसी और की बीवी ने अपने पति को हड़काने के लिए कहा था।

उस पर बबलू जैसे एकदम तन्हा इंसान के लिए, जिसको उसकी ज़िंदगी की हर महिला ने छोड़ दिया हो, सिवाय उसकी कुतिया छोटी के, इस प्यार भरे अंदाज में नाम पुकारना ही दिल में हलचल पैदा कर देता था। ये ऐसे जज़्बात थे जिसको उसने बड़ी मेहनत से अपने दिमाग के किसी कोने में दफ्न कर दिया था, कुछ इस सख्ती के साथ कि कभी ये भावनाएं उसके करीब भी न आ सकें।

लेकिन सरिता और उसकी प्यार भरी आवाज़, उसका तेज़ दिमाग, उसका आज़ाद अंदाज़ और उसका अस्थिर स्वभाव कहीं बबलू के दिमाग के उस दूरदराज के कोने में हलचल पैदा कर चुका था।

वैसे ये सब कुछ बड़े आहिस्ता आहिस्ता हुआ। बबलू को इसका एहसास तब तक नहीं हुआ जब तक कि वो उत्तराखंड से लौटकर नहीं आया।

कुछ महीनों पहले जब वो क्लास के बाद बाहर ऑटोरिक्शा पकड़ने की फिराक में था तो तभी सरिता ने कहा कि वो उधर ही जा रही है और उसने स्कूटर से सब्ज़ी बाज़ार तक बबलू को लिफ्ट दे दी।

उस सुहानी शाम सरिता के स्कूटर के पीछे बैठे हुए उसने बड़ी

सावधानी के साथ पीछे के लोहे की हैंडल को पकड़ रखा था। वो नहीं चाहता था कि जब हाथीपाला रोड़ पर उस गड्ढों भरी सड़क पर स्कूटर हिचकोले खाए तो वो सरिता से टकराता रहे।

उन दोनों के बीच इस सफ़र के दौरान काफ़ी कम बातचीत हुई क्योंकि हर बार बीच में चीख-चीखकर हॉर्न देने वाली गाड़ियों का शोर उनकी बातचीत का क्रम भंग कर देता था। बबलू नहीं चाहता था कि सरिता को गाड़ी के शीशे में देखकर कहीं पता चल जाए कि वो बीच-बीच में चोरी छिपे निहार रहा था लिहाज़ा वो बार-बार रास्तों पर लगे बिजली के खंभों और तारों की तरफ़ देखने लगता, या फिर कभी सड़क किनारे के घरों की नई बनी छतों या फिर पुरानी मस्जिद की उन मीनारों की तरफ़ देखता जो आसमान में किसी मछली पकड़ने वाले जाल की तरह बिछी हुई लगतीं।

वो उस महिला की ख़ुशबू, उसके बाल, उसके हर अंदाज़ से बखूबी वाकिफ था जो सामने की सीट पर बैठकर स्कूटर चला रही थी। उसे लग रहा था कि जैसे सड़क के किनारे खड़े होकर रंभाती हुई गायें भी उसे देख रही थीं या यूं कहें कि उसकी हरकतों पर नज़र रख रही थीं, और उसे अजीब सा एहसास दे रही थीं। कुछ दिनों बाद उसे लगा कि ये सिर्फ़ कुछ गलत किए जाने का एहसास था।

वो सरिता के साथ बाज़ार तक गया और वहां उतर कर उसने

टमाटर, गोभी और भिंडी जैसी चीज़ें खरीदीं जिनकी उसको कोई ज़रूरत तक नहीं थी और वो भी सिर्फ़ इसलिए ताकि वो उसके साथ कुछ देर चलने का लुत्फ ले सके और उन पलों को जी सके जब वो उसके साथ सब्ज़ी खरीदते हुए झुककर सारी सब्ज़ियां थैले में डालती जाती थी।

इस बीच सरिता ने सामने की एक बड़ी सी होर्डिंग की तरफ़ इशारा किया। उस पर एक चश्मा लगाए इंसान की तस्वीर थी जिसने बैंगनी रंग की शर्ट पहनी थी और अपना हाथ उठाकर उंगलियों पर कुछ गिनने के पोज़ में था, आगे बड़े-बड़े शब्दों में लिखा था, अरविंद इंग्लिश एंड मैथेमेटिक्स और फिर एक सूत्र वाक्य लिखा था जो कि शायद ख़ुद अरविंद का ही था, *माई स्टूडेंट्स से दैट आई एम द फादर ऑफ फिंगरिंग एंड फॉर्म्यूला*। इस वाक्य के बाद एक फोन नंबर दिया गया था और एक छोटी सी जानकारी और थी, द *वन एंड ऑनली इन द वर्ल्ड* यानी दुनिया में इकलौता ऐसा संस्थान।

सरिता हंस पड़ी और बोली, ''खुशी मनाओ कि तुमने इस क्लास में जाना शुरू नहीं किया प्रभाष। आजकल कोई भी अंग्रेज़ी सिखाने लगता है। सच में, मैं ख़ुशकिस्मत थी कि मैंने सैक्रेड हार्ट कॉन्वेंट स्कूल में पढ़ाई की जहां पर सारे पंजाबी अंदाज़ में बोलेने वाली टीचरों की कम से कम अंग्रेज़ी की व्याकरण तो दुरुस्त थी।

इसके बाद फिर उसने लुधियाना के अपने बचपन के दिनों की कहानी सुनानी शुरू कर दी जब उसके परिवार को पढ़ने-लिखने की उसी चाहत ज़रा भी समझ में नहीं आती थी। इन यादों का ज़िक्र करते हुए उसके चेहरे पर एक रूखी मुस्कान तैर गई, उसने आगे सुनाया, ''पंजाब में हम लोगों से एक ही चीज़ की उम्मीद की जाती थी कि खाओ और पियो। मेरे घरवालों को लगता था कि किताबें बस एक ही बात के काम आती हैं और वो है लोहड़ी के मौके पर आग में जलाने के।''

उसने अपने एक चाचा जिप्पी से जुड़ा बेहद दिलचस्प किस्सा सुनाया जो नशे में धुत होकर एक बार जलती हुई लोहड़ी के ऊपर से कूद गए थे और इस चक्कर में उनका कुर्ता भी जल गया था। और तो और उसके देवर ने उस कुर्ते की बांह पर लगी आग को बुझाने के लिए व्हिस्की ही उड़ेल दी थी ।

हालांकि उसने अपने पति के बारे में एक शब्द भी नहीं कहा और ये भी नहीं बताया कि आखिर वो इंदौर कैसे पहुंची। वैसे बबलू ने भी कुछ पूछा नहीं। बल्कि सरिता जब इस बात पर ज़्यादा ज़ोर देने लगी कि अभ्यास बेहतर करने के लिए उसे हमेशा अंग्रेज़ी में ही बात करनी चाहिए तो बबलू ने याद दिलाया कि अब उसकी क्लास ख़त्म हो चुकी है और फिर से वो अपनी देसी हिंदी में ही चालू हो गया।

उसने सरिता को अपनी उत्तराखंड की यात्रा के बारे में बताया जहां उसकी ट्रेन में प्रैट भाई से मुलाकात हुई थी, फिर उसने आशारानी और उसकी बकरियों के बारे में बताया। इसके बाद वो बोला, "आपको पता है सरिता जी, मैं जितना ज़्यादा देशभर में घूमता हूं उतना ही मेरे सपने और बड़े होते जाते हैं।" उसने कहा, "मैं पूरे देश के स्कूलों में वेंडिंग मशीन लगवाना चाहता हूं। देशभर में लाखों नौजवान बच्चियां हैं जिनके जब पीरियड शुरू होते हैं तो वो उन दिनों में स्कूल जाना बंद कर देती हैं। इनमें से कुछ तो फिर स्कूल जा भी नहीं पातीं। मैं चाहता हूं कि मैं उन बच्चियों को स्कूल पूरा करते हुए देखूं और उन्हें काम करते हुए देखूं। मैं चाहता हूं कि वो अपनी ज़िंदगी के लिए कुछ करें बजाए इसके लिए सारी ज़िंदगी दाल और सब्ज़ी ही बनाते रहें।"

बातचीत के इस क्रम में भंग तब पड़ा जब सरिता का पैर सड़क किनारे पड़े गोबर के ढेर पर पड़ते-पड़ते बच गया और फिर वो बोली, "तुम्हें देखकर मुझे किसी की याद आती है प्रभाष। कई साल पहले मेरी चचेरी बहन जसमिंदर की शादी के मौके पर घर के बाहर बहुत सारे हिजड़े उसे आशीर्वाद देने के नाम पर मोटी रकम वसूलने आ गए थे। उनमें से एक हिजड़े ने जो गाना गाया मैं उसे कभी नहीं भूल सकती। उसने जो गाया उसका मतलब ये था कि जब एक

लड़का तुम्हारे गले में वरमाला डाल देता है तो अच्छी बीवी सारी ज़िंदगी किचन में प्याज़ काटते-काटते गुज़ार देती है। बुज़ुर्ग हिजड़ा यही गाना गा रहा था और चमकती हुई साड़ियां पहने नौजवान इसी गाने पर नाच रहे थे, और ठुमके लगा रहे थे।''

वास्तव में जब तीन चार गाने गा लेने के बाद भी जसमिंदर के पिता ने पैसे देने से इन्कार कर दिया तो सारी सभ्यता छोड़कर उनमें से एक ने तों अपनी साड़ी कमर से ऊपर उठाकर जसमिंदर के पिता के चेहरे के सामने कमर लहरानी शुरू कर दी।

बबलू इस पर हंसते हुए बोला, ''ये एक ट्रैफिक सिग्नल पर मेरे साथ भी हो चुका है । लेकिन मैं अपना चेहरा कहां छुपाता और कौन सी खिड़की बंद कर लेता?''

''लेकिन क्यों?'' सरिता ने पूछा।

बबलू फिर हंसा और बोला, ''क्योंकि मैं अपनी साइकिल पर था सरिता जी।''

इसके बाद दोनों चाय की एक छोटी सी दुकान पर पहुंचे और वहां रखी हुई लकड़ी की बेंचों पर बैठ गए। सरिता ने एक हाथ में गाढ़े दूध वाली चाय का गिलास पकड़ा था और दूसरे से वो मक्खियां भगा रही थी और बबलू को निहार रही थी। बेंच के ऊपर पड़ी टिन की छाया बबलू के आधे चेहरे पर पड़ रही थी। उसकी बड़ी शांत

और गहरी भूरी आंखें थीं और बड़ी मासूम सी निगाहों से वो अपने और सरिता के बीच रखी अल्यूमिनियम की मेज पर एकटक देखे जा रहा था।

सरिता ने मन ही मन सोचा कि बबलू उन मर्दों से कितना अलग था जो औरतों को एक सामान की तरह देखते थे और जिन्हें ऐसा लगता था कि महिलाओं का जन्म ही सिर्फ़ उनकी सेवा के लिए हुआ है।

औरतों को बरसों से चूल्हे-चौके में झोंक दिया गया था। और यहां एक ऐसा इंसान बैठा था जो महिलाओं की मदद करना चाहता था ताकि वो चूल्हे-चौके से निकल कर खुले आसमान में उड़ान भरें।

22

प्रशांत बत्रा ने *गार्डियन* अख़बार को अपनी रिपोर्ट भेज दी जिसका नाम था, "सैनिटरी नैपकिन इस्तेमाल करने वाला पहला आदमी"। ये एक चार पेज लंबी रिपोर्ट थी जिसमें बबलू केवट की मोहना से लेकर इंदौर तक की संघर्ष यात्रा की पूरी कहानी थी। और इस कहानी के साथ ही गुलाबी रंगत वाले दुनिया भर के पत्रकारों की फौज हाथों में पानी की बोतल थामे, सिर पर हैट लगाए और आवाज़ रेकॉर्ड करने की मशीन लेकर बबलू केवट के कारखाने पर पहुंचने लगी।

टाइम्स ऑफ इंडिया वो पहला भारतीय अख़बार था जिसने बबलू केवट और उसकी इस अनोखी खोज की कहानी छापी। पेज नंबर छह पर पूरे आधे पेज में बबलू की कहानी छपी थी जिसके ऊपर सिंटेक्स पानी टंकी का विज्ञापन था तो नीचे सरदार रंगा सिंह को जन्मदिन की बधाइयों का संदेश देते हुए एक विज्ञापन छपा था। बबलू केवट अब मशहूर होने लगा था।

इसके बाद टीवी में भी इंटरव्यू हुए जिसमें भावहीन चेहरे वाले एंकर इस बात पर ज़ोर देने के बजाए कि कैसे वो बिना किसी मदद के महिलाओं के संगठन के साथ मिलकर ये शानदार काम कर रहा था, इस बात में ज़्यादा दिलचस्पी दिखा रहे थे कि किस तरह उसने पैड पहना और उस पर ख़ुद ही खून गिरा कर जांच की।

उसे कई विश्वविद्यालयों और कंपनियों के साथ ही देश भर में तमाम व्याख्यानों में बोलने के लिए बुलाया गया। बबलू को इस तरह अपने काम के बारे में बताने के दौरान काफ़ी मज़ा आया।

इनमें से एक वाकया काफ़ी यादगार था जो भोपाल में हुआ। एक खचाखच भरे हॉल में दुनिया भर के प्रतिष्ठित लोग बैठे थे और इस कार्यक्रम में वाणिज्य, उद्योग और रोज़गार मामलों के मंत्री भी मौजूद थे।

बबलू ने अपनी बात की शुरुआत करते हुए जेब से एक सैनिटरी

पैड निकालकर वहां मौजूद लोगों के साथ ही अतिथियों के सामने लहराते हुए पूछा, ''कितने पुरुषों ने अपनी ज़िंदगी में सैनिटरी पैड को हाथ भी लगाया है।''

जब किसी ने जवाब नहीं दिया तो फिर वो सीधे मंत्री महोदय के पास पहुंच गया और बोला, ''सर अब आपकी बारी है, आइए इसे पकड़िए, मेरा वादा है कि ये आपको काटेगा नहीं।'' भौचक्के मंत्री ने असहाय नज़रों से इधर-उधर देखा कि कोई तो उन्हें इस मुसीबत से बचाए लेकिन जब कोई रास्ता नज़र नहीं आया तो उन्होंने डरते-डरते पैड को अपने हाथ में लिया।

बबलू ने आगे कहा, ''आप इस पैड को पकड़कर काफ़ी शर्मिंदा हो रहे हैं। है कि नहीं सर। ये जो शर्म है ना पीरियड्स यानी मासिक धर्म के बारे में बात करने की या फिर एक सैनिटरी पैड पकड़ने की, यही वो सबसे बड़ी दिक्कत है जो हम लोगों को झेलनी पड़ती है सर। ऐसा लगता है कि जैसे मासिक धर्म या पीरिड्यस कोई सामान्य चीज़ है ही नहीं बल्कि एक ऐसा अपराध है जो गलती से औरत ने अपने गर्भाशय के ज़रिए कर दिया है और फिर वो इसे सबकी नज़रों से छुपाती फिरती है कि जैसे इस खून के निकलने की ज़िम्मेदारी उन्हीं की हो।

''ये शर्म ही है जिसकी वजह से औरतें अपने गंदे कपड़ों को

सबकी नज़रों से बचाकर धोती हैं और फिर उन्हें सूखने के लिए ऐसी अंधेरी जगहों पर डालती हैं जहां सूरज की एक किरण तक नहीं पहुंच पाती है। फिर वो उसी नम फफूंदी लगे और कीटाणुओं से भरे कपड़े को इस्तेमाल करती हैं और फिर बीमार पड़ती हैं। आइए हम इस शर्म के नाम पर चल रही गलत परंपरा का हिस्सा बनने से इन्कार कर दें क्योंकि ये परंपरा पूरी इंसानियत को खतरे में डाल रही है।''

हॉल में मौजूद जनता मंत्रमुग्ध थी और तालियों का शोर रुक ही नहीं रहा था। असहाय मंत्री के हाथों से सैनिटरी पैड वापस लेते हुए बबलू ने शरारत भरे अंदाज़ में कहा, ''और एक बार फिर मैं अपने भाषण का अंत उन महिलाओं और उनके मासिक धर्म यानी पीरियड्स को शुक्रिया करते हुए करूंगा। आखिर उनके बिना मेरा यहां पर आकर इस मुद्दे पर बात कर पाना मुमकिन ही नहीं था।''

बाद में इस घटना को याद करते हंसते हुए उसने सरिता से कहा, ''सरिता जी मैंने उनसे कहा कि देश में सिर्फ़ दस फीसदी महिलाएं ही सैनिटरी पैड इस्तेमाल करती हैं। वास्तव में मैंने आकंड़ों में थोड़ी हेराफेरी की थी। ऐसी महिलाएं सिर्फ़ पांच फीसदी ही हैं। मैंने मंच पर बोलते समय पांच फीसदी अपनी ओर से बढ़ा दिया था क्योंकि मैं नहीं चाहता था कि इतने सारे विदेशियों के सामने हमारे देश की इतनी बड़ी बेइज़्ज़ती हो।''

23

एक शाम चाय पीते वक्त बबलू प्रोफेसर शर्मा को किस्सा सुना रहा था कि कैसे उसे सैनिटरी पैड्स बेचने के लिए सेल्समैन तक बनना पड़ा। जहां भी वो गया उसे एक से बढ़कर एक दिलचस्प लोग मिले और वो सारे किस्से सहेज कर लाया था कि प्रोफेसर साहब और सरिता को सुना सके।

उसने एक घटना सुनाई जब छत्तीसगढ़ में उसे एक महिला मिली जिसने अब तक इस्तेमाल किए जा रहे अपने गंदे कपड़ों की जगह पैड इस्तेमाल करने से साफ़ इन्कार कर दिया और दलील कि अगर कोई कुत्ता मेरे इस पैड को लेकर सड़क पर दौड़ गया तो समझिए कि मेरी सास की तो जान ही निकल जाएगी।

बबलू ने कहा, "उसने मेरी बात तक सुनने से साफ़ इन्कार कर दिया। हालांकि मैंने उसे समझाने की बहुत कोशिश की थी कि अगर वाकई ऐसा होता तो भारत की न जाने कितनी बहुएं तो जानबूझकर अपने सैनिटरी पैड सड़क पर फेंक देतीं कि कुत्ते कम से कम उसे उठा ले जाएं और उन्हें सास से मुक्ति मिले।" इस बात पर प्रोफेसर शर्मा भी ठहाका लगाकर हंस पड़े। वहीं इसी ठहाके के बीच चाय के साथ मूंग के पकौड़े खाते हुए बबलू को अचानक घर की याद आ गई। वो बोला, "ये पकौड़े बहुत शानदार हैं। ये ठीक वैसे ही हैं

जैसे कि मेरी मां बनाया करती थी।''

बीते कुछ वक्त से उसने मां के बारे में बिल्कुल भी नहीं सोचा था और अचानक पकौड़ों की वजह से आई मां की याद ने उसे अवाक कर दिया। प्रोफेसर शर्मा भी उसके जज़्बात को समझ गए और उन्होंने बबलू के अपने परिवार के पास वापस लौट जाने का मसला छेड़ दिया।

बबलू ने मुंह फेर लिया और लॉन में खेल रही अपनी कुतिया छोटी की तरफ़ देखते हुए बोला, ''जब भी मैं उन लोगों के बारे में सोचता हूं तो मेरी जी भर आता है। उन सब लोगों ने मुझे छोड़ दिया। जब मैं सिर्फ़ चौदह साल का था तबसे मैंने अपनी मां और बहन के लिए हर चीज़ कुर्बान कर दी थी और जब मेरे साथ खड़े होने का वक्त आया तो उनमें से कोई भी मेरे साथ नहीं था।''

''और गौरी का क्या?'' प्रोफेसर शर्मा ने पूछा।

बबलू बोला, ''मेरी मां को लगता था कि गौरी मेरे लिए बिल्कुल सही जोड़ीदार है और जब वो मेरी ज़िंदगी में आई तो मैंने उसके लिए एकदम सही इंसान बनने की कोशिश भी की लेकिन प्रोफेसर साहब आखिरकार शादियां इसीलिए होती हैं कि हम एक दूसरे को बेहतर तरीके से समझ सकें और फिर वो मुझे कब समझ सकी?

''आपको पता है, जब वो मुझे छोड़कर जा रही थी तो उसका

भाई लेने आया था। हम लोग बरामदे में खड़े थे और उसने मुझे न जाने किस-किस तरह के नाम से पुकारा। पूरा मुहल्ला इकट्ठा हो गया था और फिर वो मुझे सीढ़ियों पर धक्का देकर गिराते हुए चला गया। आखिर मैंने ऐसा क्या किया था कि मुझे इतनी बेइज़्ज़ती झेलनी पड़ी। अब ऐसे हालात देखने के बाद मैं पीछे मुड़कर देखना भी नहीं चाहता प्रोफेसर साहब, अब मुझे सिर्फ़ आगे ही बढ़ना है।''

24

वो एक बादलों भरी शाम थी जब सरिता के साथ खाने की मेज़ पर आमने-सामने बैठे हुए उसने छठीं कक्षा के विद्यार्थियों को पढ़ाई जाने वाली अंग्रेज़ी व्याकरण की किताब में अपना सिर गड़ाए हुए कहा, ''मुझे यूनीलीवर से मेल आया है सरिता जी । वो लोग मुझे लंदन बुला रहे हैं और कह रहे हैं कि मैं उनके मैनेजरों के सामने एक भाषण दूं कि मैं कैसे इतने सस्ते सैनिटरी पैड बना रहा हूं। मुझे नहीं पता कि मैं वहां पर कैसे अंग्रेज़ी में बात कर पाऊंगा, मुझे अंदर ही अंदर डर लग रहा है।''

इसके बाद उसने हंसते हुए कहा, ''सरिता जी जब मैंने अपनी दूसरी मंज़िल पर रहने वाले अपने पड़ोसी संजय को ये बात बताई कि मैं शायद अगले महीने लंदन जाने वाला हूं तो क्या वो मेरी

कुतिया छोटी को उस दौरान खाना दे पाएगा और उसे सुबह टहलाने के लिए ले जा सकेगा तो उसने कहा, "बिल्कुल नहीं केवट, तुम वहां मत जाओ, उन ब्रिटिश लोगों ने तो ब्रूस ली तक को ज़हर दे दिया था।"

सरिता ने मेज़ पर हल्का सा झुकते हुए अपना हाथ बबलू के हाथ पर रख दिया और बोली, "प्रभाष मुझे नहीं पता कि अंग्रेज़ों ने ब्रूस ली को ज़हर दिया था या नहीं लेकिन मैं इस बात को लेकर पूरी तरह से निश्चिंत हूं कि तुम्हें यूनीलीवर के एजेंट कोई ज़हर नहीं दे पाएंगे जब तक कि तुम ख़ुद ही उनका बनाया हुआ लाइफबॉय साबुन न खा लो। बेफिक्र होकर जाओ और स्टेज पर बोलने की चिंता मत करो। इससे कोई फ़र्क़ नहीं पड़ता है कि तुम्हारी अंग्रेज़ी अच्छी है या नहीं। अगर तुम वहां पर सहज महसूस करो तो हिंदी में ही बोलना। ध्यान रखो कि ये सारे लोग, ये जितने एमबीए वगैरह हैं ना तो तुम्हें स्टेज पर सिर्फ़ इसलिए बुला रहे हैं कि भले ही उन्होंने तमाम बड़ी-बड़ी डिग्रियां ली हों लेकिन तुम उनसे कहीं ज़्यादा प्रतिभाशाली हो। आखिरकार तुमने सात शहरों में अलग-अलग जगहों पर दो सौ से ज़्यादा सैनिटरी पैड बनाने की यूनिटें लगाई हैं जिनके बारे में हमेशा तुम मुझे बताते रहते हो। वास्तव में उन लोगों को तुमसे सीखने की ज़रूरत है।"

कुछ ही दिनों के बाद बबलू केवट बालों में तेल लगाकर, नई खरीदी हुई हरे रंग की पैंट और गहरे पीले रंग की नेहरू जैकट पहनकर और अपने पैरों में नए बाटा के जूते डालकर एयरपोर्ट में अपना बोर्डिंग पास लेने की लाइन में लगा हुआ था। सुर्ख रंग की लिपस्टिक लगाए हुए काउंटर पर खड़ी महिला ने उससे पूछा, "सर व्हिच विल यू प्रीफर, विंडो ऑर एसल।"

बबलू को कुछ समझ में नहीं आया और उसने यूं ही कह दिया, "मेरे लैपटॉप में पहले से ही विंडोज़ है लिहाजा मुझे आयल दे दीजिए।"

बबलू केवट ने बड़े आराम से बीच की आयल सीट पर हीथ्रो तक सफ़र किया। और फिर अगले दिन यूनीलीवर के सम्मेलन में सरिता के सिखाए हुए शब्दों की मदद लेते हुए उसने बड़े ही साधारण तरीके से अपनी खोज के सफ़र और अपने विचारों के बारे में एक भाषण दिया।

अपने भाषण के अंत में उसने कहा, "बड़े कारोबार बिल्कुल किसी मच्छर की तरह होते हैं, दूसरे का खून चूसने वाले। इससे समाज बीमार होता है। मेरा कारोबार करने का तरीका बिल्कुल मधुमक्खी की तरह है। आप फूल से पराग तो चुनते हैं लेकिन उससे भी सारी व्यवस्था का भला होता है।"

और फिर अपने सामने मौजूद भीड़, जिसमें न जाने कितने हॉर्वड और येल जैसे विश्वविद्यालयों के डिग्रीधारक बैठे थे, की आंखों में आंखे डालते हुए उसने इस चुनौती के साथ अपना भाषण ख़त्म किया, ''मैं लोगों को तीन तरह की श्रेणियों में बांटता हूं, एक होते हैं अनपढ़, दूसरे होते हैं थोड़े पढ़े-लिखे और कुछ होते हैं ज़रूरत से ज़्यादा पढ़े-लिखे। मेरे जैसे एक थोड़े पढ़े-लिखे इंसान ने ये सब कर दिखाया, अब ज़रूरत से ज़्यादा पढ़े-लिखे आप लोग बताइए कि आप समाज के लिए क्या करने जा रहे हैं।''

इसके बाद तो तालियों का शोर रुकने का नाम ही नहीं ले रहा था और स्टेज पर चारों तरफ़ अंधेरे के बीच एक गोल रोशनी के घेरे में खड़े बबलू का सीना गर्व से भर उठा था। उसे लगा कि काश कोई होता जिसके साथ वो ये लम्हा साझा कर पाता। उसने अपने माता-पिता के बारे में सोचा। काश कि वो यहां पर होते। उसके गरीब पिता ने तो कभी मोहना के बाहर की दुनिया ही नहीं देखी थी और उसकी मां थोड़ी दूर देवास तक ज़रूर गई थी जहां वो दूसरों के घरों में खाना बनाती थी ताकि वो अपने तीन बच्चों को पाल सके।

उसे दिल में मां के लिए जो गुस्सा था वो काफूर हो गया। उसे अचानक एहसास हुआ कि वो मां के विरोध में होने के बावजूद यहां पर नहीं पहुंचा है बल्कि वो मां की वजह से ही यहां पर पहुंचा है।

बचपन से ही उसने मां को अपने परिवार के लिए संघर्ष करते देखा, और देखा कि कैसे अपनी उसी हिम्मत के दम पर मां ने बिना कोई समझौता किए हर मुश्किल को पार किया और इन सब की वजह से वो आज औरतों को समाज के पारंपरिक नज़रिए से अलग तरीके से देख पाता है।

उसका ये सफ़र अपनी मां की मदद के लिए स्कूल छोड़ देने के फैसले से शुरू हुआ था। उस दौरान जो उसने सीखा, जो समझ उसे हासिल हुई, उन सभी बातों की वजह से ही आज वो कुछ कर सका और यहां पर इस सम्मेलन में इतने लोगों के सामने पहुंच सका। अपने परिवार के लिए उसकी तड़प आज इस मौके पर उसे और ज़्यादा सताने लगी।

सम्मेलन ख़त्म होने के बाद बबलू अपना वक्त बिताने के लिए खुली लाल बस में सफ़र करता रहा और लंदन के दूसरे पर्यटन स्थल जैसे कि बिग बेन, द टॉवर ब्रिज घूमता रहा, बकिंघम पैलेस के गेट पर खड़ा होकर उसे निहारता रहा और हाइड पार्क में तब तक चहलकदमी करता रहा जब तक कि उसके जूतों ने उसे घाव नहीं दे दिया।

इसके बाद उसने सरिता के लिए एक यूनियन जैक का झंडा लगा हुआ पर्स और वैसा चाभी का छल्ला खरीदा और मैना के लिए आई

लव लंदन लिखी हुई टी शर्ट खरीदकर वापसी के लिए चल पड़ा।

25

बबलू केवट के दफ्तर के गेट पर गेंदे की फूलमालाओं की लड़ियां लगी हुई थीं। सफेद धोती पहना हुआ एक पंडित फर्श पर बैठकर कई देवी-देवताओं की प्रतिमाओं को सिल्क के कपड़े से ढके आसन पर रखकर उन्हें चावल और मेवे का भोग लगा रहा था था। इसके बाद उसे रोली लगी हुई खातों की किताब को भी उस आसन पर रखना था।

बबलू को इस साल भगवान ने बहुत कुछ दिया था और उसका ढेर सारा शुक्रिया अदा करना तो ज़रूरी था। इसी साल जनवरी में उसे भारत सरकार ने अपना सबसे बड़ा नागरिक सम्मान पद्मश्री देकर सम्मानित किया था और उसे बिहार के मुख्यमंत्री की ओर से प्रदेश में एक हज़ार से ज़्यादा सैनिटरी पैड बनाने वाली यूनिटें लगाने का प्रस्ताव भी मिला था।

अपने साथी कर्मचारियों को मिठाई के साथ ही दीवाली का बोनस बांटते हुए बबलू चाह रहा था कि पूजा का कार्यक्रम जल्दी ख़त्म हो और वो सरिता के घर का रुख करे। उसने मैना के लिए ढेर सारे पटाखे खरीदे थे जिसमें फुलझड़ियां, लक्ष्मी बम और रॉकेट भी

थे जो आसमान में जाकर सितारे बिखेर देते थे।

उसी समय मेज़ पर रखा टेलीफोन बजा और बबलू ने वो कॉर्डलेस फोन उठाकर कंधे और कान के बीच रखा और साथ ही एक और मिठाई का डिब्बा उठाया। दूसरी तरफ़ से एक हिचकिचाती हुई आवाज़ गूंजी, "हैलो, मैं हूं।" और फिर हंसते हुए उसने आगे कहा, "क्या तुम्हें अब भी मैं याद हूं?"

बबलू को लगा कि जैसे उसके कंधे से हाथ तक में झुरझुरी दौड़ गई हो, उसका गला सूख गया और उसने मिठाइयों का डब्बा मेज़ पर रख दिया और दफ्तर के एक शांत से कोने में चला गया।

इस बात का वो सिर्फ़ एक ही जवाब दे सकता था। उसके दिल में खुशी और दर्द के एहसास एक साथ पैदा हो गए जैसे कि कोई आधा पका आम खट्टा और मीठा दोनों किस्म के रस लिए होता है। उसने कहा, "किसी भी इंसान के लिए अपनी पत्नी को भूल जाना आसान नहीं होता है।"

उस साल दीवाली की वजह से आसमान में सिर्फ़ आतिशबाज़ी ही दिख रही थी। सरिता के सामने बैठे बबलू केवट के चारों तरफ़ चहकते लोगों की आवाज़ें और उनकी हंसी गूंज रही थी लेकिन उसे लग रहा था कि वो बिल्कुल खाली हो चुका था।

उसने देखा कि मैना हाथ में फुलझड़ियां लेकर गोल-गोल घुमा

रही थी और जब उसने मैना के साथ एक रॉकेट को बोतल में रखकर जलाया और रॉकेट को उड़ता देख मैना चहक पड़ी थी, उस वक्त उसे सरिता की आंखों में एक अलग ही अहसास नज़र आया था।

बाद में उस शाम जब थकी हुई मैना सोफे पर सो गई तो वो उसी लकड़ी की मेज़ पर बैठा जहां ये सारी कहानी शुरू हुई थी और उसने सरिता से अपनी पत्नी से हुई बात का वाकया सुनाया। गौरी ने उससे कहा था कि वो उसे बहुत दिनों से तलाश कर रही थी लेकिन उसका कुछ पता नहीं चल पाया था कि तभी किसी ने उसके हाथ में एक पत्रिका थमा दी जिसमें उसकी केवट इंडस्ट्रीज पर एक लेख छपा था और फोन नंबर भी दिया हुआ था।

ये सारी बातचीत करने के दौरान बबलू जैसे सुन्न सा पड़ गया था। जब उसकी पत्नी ये सब बोल रही थी तो उसकी आंखों के सामने सिर्फ़ सरिता का चेहरा घूम रहा था। उसे समझ में नहीं आया कि उसे क्या हो गया। उसके बाद फिर थोड़ी देर तक वो खामोश रहा, उसके कानों में जैसे बस कुछ आवाज़ें गूंज रही थीं जहां फोन को एक हाथ से दूसरे हाथ में दिया जा रहा था और फिर उसके कानों में उसकी मां की आवाज़ पड़ी, इसके बाद तो बबलू एकदम से बिलख उठा।

26

एक जीप देवास से मोहना के रास्ते पर तेज़ी से निकल पड़ी, इस जीप को बबलू एक हाथ से चला रहा था और दूसरे हाथ से अपनी कुतिया छोटी को दुलार रहा था। छोटी आगे की सीट पर बैठी थी और बीच-बीच में भौंक उठती थी। उसकी पूंछ लहरा रही थी और वो बार-बार खिड़की से अपना सिर बाहर निकाल लेती थी जैसे पुराने रास्तों को देखकर उन्हें पहचानने की कोशिश कर रही हो।

बबलू घर ज़रूर लौट रहा था लेकिन उसके लिए ये फैसला आसान नहीं था। गौरी का फोन आने के बाद से ही जैसे उसके दिमाग में ट्यूबलाइट सी जल-बुझ रही थी कि वो घर जाए या फिर नहीं जाए।

वो डर और उदासी के लम्हों के बीच बार-बार अपनी तड़प को दबाने की कोशिश करता। जैसे-जैसे वो पुरानी बातों को याद करता, उसके मन में अजीब-सा डर पैदा हो जाता, ये डर फिर से उसी दड़बे में कैद रह जाने का था, वो डर जिसे उसने काफ़ी पहले दिल से मिटा दिया था।

इसके बाद जैसे एक बार ट्यूबलाइट फिर कौंधी और उसे नज़र आने लगा कि वो रविवार के दिन अपने घर की सीढ़ियों पर अपनी मां की गोद में सिर रखकर लेटा है और वो उसके बालों में नारियल

का तेल लगा रही है। और फिर उसे बचपन में धूप में मुंह में गुलाबी कैंडी चूसते हुए अपनी बहनों के साथ गांव के मेले से लौटने का मंज़र याद आने लगा।

फिर उसे लगा कि गौरी अंधेरे कमरे में उसकी बगल में लेटी है और उसके लंबे बाल तकिए पर बिखरे हुए हैं, उसकी बिंदी और आंखों का काजल बिखरा हुआ है और वो धीरे से उसकी तरफ़ पलटते हुए किसी बात पर खिलखिला उठी है। लेकिन फिर अचानक ही ट्यूबलाइट दोबारा कौंधती है और वो उन दिनों की तरफ़ लौट जाता है जो उसने अकेले छोड़ दिए जाने पर उदासी में डूबे हुए बिताए थे।

एक बार फिर वो सलाह लेने के लिए प्रोफेसर शर्मा के पास गया था। उनके लॉन में टहलते हुए और छोटी के साथ बॉल फेंककर खेलते हुए प्रोफसर शर्मा ने कहा था, ''बबलू रिश्तों में तनाव ज़रूर पैदा होता है लेकिन वो कपड़ों की तरह नहीं होते हैं कि तुमने एक शर्ट उतारकर फेंकी और फिर दूसरी पहन ली। एक समझदार इंसान को हमेशा अपने रिश्तों को संभालने और सहेजने की कोशिश करनी चाहिए।''

प्रोफेसर शर्मा ने बरामदे में उस तरफ़ हाथ दिखाया जिधर मिसेज शर्मा बैठी थीं और बोले, ''मेरी तरफ़ देखो बबलू, मैं अपनी वो

पुरानी और रंग छोड़ चुकी लेकिन काफी समय से शरीर के साथ तालमेल बिठाते हुए नर्म हो चुकी अपनी शर्ट उस दिन तक पहनूंगा जब तक कि ख़ुद मैं ख़त्म नहीं हो जाता।''

उस शाम बबलू सरिता के घर गया। वो दोनों उसी मेज़ के दोनों तरफ़ बैठे और वो मेज़ बीच में कुछ यूं रखी थी जैसे कि वो सिर्फ़ लकड़ी के टुकड़े भर का नहीं बल्कि दो अलग-अलग जहानों का फासला लो। उसे सरिता से नज़रें मिलाने में भी काफ़ी मुश्किल हुई, वो नज़रें जिनमें अचानक ही उसे घबराहट नज़र आने लगी थी और उन नज़रों के किनारों पर सूनापन ठहरा हुआ था।

उसे लगता था कि जैसे बोलते-बोलते वो ख़ुद ही रो पड़ेगा। उसने कहा, ''सरिता जी मुझे लगता था कि मेरा रिक्शा खाली था, मैं इसलिए इतनी दूर तक चलते हुए आगे निकल आया और ये सफ़र साथ गुज़ारे हुए वक्त का था और इसे सिर्फ़ किलोमीटरों में नहीं आंका जा सकता। ये वो सफ़र था जब हफ्तों, महीनों और सालों तक जब कहीं कुछ नज़र नहीं आता था, यहां तक कि पीछे का नज़ारा दिखाने वाले रीयर व्यू मिरर में भी नहीं। लेकिन मुझे पता नहीं था कि मेरा मीटर रुका हुआ था और जो मुसाफिर मेरे रिक्शे से उतरा था वो कभी भी वापस आ जाएगा। मुझे वापस जाना पड़ेगा सरिता जी, वापस अपनी मां, अपनी पत्नी और अपने शहर के पास।''

सरिता की जुबान से एक लफ्ज़ नहीं निकला, हालांकि उसका दर्द साफ़ बयां हो रहा था, उसके हाथों की मुट्ठियां भिंची हुई थीं और वो अपने मुंह पर हाथ रखकर शून्य में देखती हुई दोनों के बीच रखी मेज़ को निहार रही थी। इसके बाद उसने बस एक बार ज़रा-सा सिर हिलाया और उसे छोड़ने के लिए दरवाज़े तक आ गई।

इस वाकये के एक हफ्ते के बाद बबलू ने इंदौर में अपनी बिखरी ज़िंदगी को समेटना शुरू किया और जीप में सारा सामान लादकर छह साल और सैंतालीस किलोमीटर दूर अपने घर की ओर निकल पड़ा।

उसे दूर अपना घर नज़र आ रहा था जिसके बाहर बिजली का वो खंभा लगा था जिसके सहारे वो अपनी साइकिल बांधता था, हालांकि उस पर तब का लगा हुआ पेंट अब पूरी तरह पुराना पड़ चुका था। बबलू ने ये भी देखा कि उसके दरवाजे पर लोगों की भीड़ इकट्ठा है और वो हाथों में मालाएं और चेहरे पर मुस्कान लिए उसका इंतज़ार कर रहे थे। वो उसका इस तरह से इंतज़ार कर रहे थे जैसे कि वो कोई मंत्री हो जो कि चुनाव से ठीक एक दिन पहले लोगों को मुफ़्त में टेलीविज़न बांटने आ रहा था।

उसने किनारे पर गाड़ी खड़ी की और लोगों की तरफ़ बढ़ा जहां भीड़ में उसे अपना परिवार भी दबा-छिपा नज़र आया।

इससे पहले कि वो उनके पास पहुंच पाता, अचानक ही ज़ोरदार उत्साह का माहौल बन गया और लोग उसके गले में माला डालने के लिए टूट पड़े।

गांव का वही मुखिया जिसने कभी फैसला किया था कि उसे पेड़ से लटका दिया जाएगा, उसने बबलू को सीने से लगा लिया और बोला, ''बेटा मैं हमेशा सबसे यही कहता था कि बबलू का दादा काफ़ी समझदार इंसान था और ये लड़का एकदम अपने दादा पर गया है, देखना एक दिन वो ज़रूर मशहूर होगा।''

पारुल के पति महेश ने बबलू का हाथ पकड़ लिया और उसे पलटकर बबलू की हथेली देखते हुए उसमें एक रेखा खोज निकाली और अपना ज्योतिष ज्ञान बघारते हुए अपनी चहकती पत्नी की तरफ़ देखकर बोला, ''देखा, मैं ना कहता था पारुल, इस लड़के के हाथ में भाग्य की रेखा है और ये पूरी हथेली पर फैली हुई है, इसे तो एक न एक दिन महान आदमी बनना ही था, और फिर मैं तो तबसे ये बात कह रहा हूं जब वो छोटा बच्चा था।''

बबलू ने देखा कि अकरम गंजकरन के पीछे खड़ा था। वो उसके पास टहलते हुए गया और अपने दोस्त का कंधा बड़े प्यार से दबाया। तभी अचानक गंजकरन अपनी महीन आवाज़ में बोल पड़ा, ''केवट साहब, मुझे अभी भी वो दिन अच्छी तरह याद है जब आप मेरे पास

आए थे और सैनिटरी पैड्स खरीदे थे। तब से कितने रिपोर्टर मेरा इंटरव्यू लेने के लिए आ चुके हैं और मैंने उन्हें बताया कि मैं तो उसी पल जान गया था कि केवट साहब कोई जीनियस किस्म के इंसान हैं।''

बबलू भीड़ के बीच अपना रास्ता बनाते हुए आगे बढ़कर अपने परिवार के पास पहुंचा और उसी तरह अपनी मां के पैर छुए जैसे वो हमेशा छूता था, उसने अपने भांजे को गले लगाया जो अब बड़ा हो गया था और उसके चेहरे पर मूंछों के साथ-साथ मुंहासे भी आ गए थे। गौरी एक कोने में खड़ी थी और उसके चेहरे पर मुस्कान तैर रही थी। वो थोड़ी डरी हुई सी थी और उम्मीद से भरी हुई भी। बबलू ने उसका हाथ पकड़ा और उसे लेकर घर के भीतर चला गया।

27

सोनल जीप की अगली सीट पर हाथ-पैर सिकोड़कर बैठी थी, उसका छोटा सा सिर खिड़की के सहारे टिका था और वो रुबिक क्यूब के साथ खेल रही थी। उसने पूछा, ''और कितनी दूर है पापा?'' बबलू ने अपनी दस साल की बेटी पर नज़र डाली और कहा, ''बस पहुंच ही गए हैं सोना, दस मिनट और लगेगा।''

गौरी को कभी-कभी पिता और बेटी के बीच की ये बातचीत

समझ में नहीं आती थी। ठीक वैसे ही जैसे कि उसे ये समझ में नहीं आया कि जब बबलू अपनी मशीनों को और ज़्यादा मुनाफे पर बेच सकता है तो फिर वो क्यों नहीं बेचता। आखिर क्यों वो लोग किसी नए बढ़िया घर में रहने नहीं जाते या फिर नई कार नहीं खरीद लेते।

उधर रचना के दिमाग में भी अपने ही ख्याली पुलाव पकते रहते थे। जैसे कि बबलू जानबूझकर ऐसी साधारण ज़िंदगी जीने का ढोंग कर रहा है और उधर अपना सारा पैसा स्विस बैंक के खातों में जमा कर रहा है। उसे पक्का यकीन था कि बार-बार बबलू का यूरोप जाना सिर्फ़ अपनी नाजायज़ गतिविधियों को छुपाने का बहाना था। हालांकि बबलू ने ऐसी बातों पर सफाई देना कब का बंद कर दिया था।

इस बीच सोनल ने कई बार रुबिक क्यूब की पहेली सुलझा ली थी हालांकि अभी भी वो अपने ही चालीस सेकंड के रेकॉर्ड से पीछे थी, अब वो क्यूब छोड़कर गाड़ी के बैक व्यू मिरर में लटकी नीबू-मिर्ची से खेल रही थी। नीबू-मिर्ची की लड़ी पर उसने हल्का हाथ मारा जैसे किसी गेंद को फेंक रही हो और फिर उसे हिलते हुए देखकर बोली, ''पापा, ये तो बुरी नज़र को दूर रखने के लिए बांधा जाता है ना, लेकिन आप तो हमेशा कहते थे कि अंधविश्वास पर भरोसा नहीं करना चाहिए, फिर आपने इसे क्यूं लटकाया है?''

बबलू खामोश था। ये कोई अंधविश्वास नहीं था कि बल्कि बीते

हुए कल की यादगार थी, एक ऐसी यादगार जो भीड़ भरे माहौल में भी बिजली की तरह कौंधते हुए पुरानी यादों को ताज़ा कर जाती थी। ये किसी साबुन के बुलबुले जैसी थी जिस पर नज़र आती थीं कुछ तस्वीरें, और इन तस्वीरों में एक इंसान एक शानदार महिला के स्कूटर पर पीछे बैठा है और वो गड्ढों से बचाते हुए स्कूटर चला रही है। उसका ट्रैफिक सिग्नल पर रुकना, वहीं पर नीबू-मिर्ची बेच रहे शख्स से एक लड़ी खरीदना और फिर हंसते हुए कहना, "अंग्रेज़ी में एक कहावत है कि जब ज़िंदगी आप पर नीबू दे मारे यानी ज़िंदगी में खट्टा पल आए तो उसे अपनी बेहतरी के लिए इस्तेमाल करो यानी आप उसका नीबू-पानी शर्बत बना लो। हालांकि यहां भारत में जब ज़िंदगी हमें खट्टे पल देती है यानी हम पर नीबू दे मारती है तो हम उसमें मिर्ची बांधकर उसका ताबीज़ बना लेते हैं जो कि ऊबड़-खाबड़ रास्तों पर हमारी रक्षा करता है।"

ज़िंदगी ने उसके सामने जो मुश्किल विकल्प रख दिए उसकी चर्चा करने की बजाए वो बोला, "कई बार अंधविश्वास भी विज्ञान पर आधारित होते हैं, इस नीबू का रस और मिर्ची कीड़े-मकोड़ों को दूर रखते हैं। ये तो साधारण का कीटनाशक है।"

बबलू ने अपनी जीप खेवनी वाइल्ड लाइफ सैंक्चुरी के किनारे लगाई और अपनी बेटी का हाथ पकड़ते हुए जंगलों की तरफ़ चला

गया जहां वो उसे दिखाने वाला था कि कैसे दो पत्थरों को रगड़ने से आग पैदा होती है, और कैसे बंदर इतनी संतुलित छलांगें लगाते हैं कि बड़े आराम से एक पेड़ से दूसरे पेड़ पर पहुंच जाते हैं, और कैसे काली चीटिंयां बिल्कुल सीधी कतार में फौजियों की तरह परेड करती हुई चलती हैं, और कैसे भूरी तितलियां बिना जंगली फूलों को नुक़सान पहुंचाए उन पर बैठकर रस इकट्ठा करती हैं।

ये काल्पनिक कहानी अरुणाचलम मुरुगनाथन और उसकी शानदार खोज कम कीमत में सैनिटरी पैड तैयार करने वाली मशीन पर आधारित है। कहानी के सारे किरदार, जगहें और किस्से लेखक की अपनी कल्पना शक्ति की उपज हैं।

आभार

मैं अरुणाचलम मुरुगनाथन यानी मुरगा (मैं उन्हें इसी नाम से पुकारती हूं) का शुक्रिया अदा करना चाहूंगी, इसलिए नहीं कि उनका नाम लेते वक्त मेरी ज़ुबान अटक जाती है बल्कि इसलिए कि अब वो मेरे दोस्त बन गए हैं। मुरगा ने कम कीमत में सैनिटरी पैड तैयार करने वाली मशीन का आविष्कार किया और वो एक सामाजिक उद्यमी हैं जो मासिक धर्म से जुड़ी गलत धारणाओं को ख़त्म करने के मिशन में जुटे हैं।

कई महीनों तक उनके पीछे लगने के बाद मुरगा मुझसे मिलने के लिए तैयार हुए और फिर लंबे इंटरव्यू के बाद मुझे उनके संघर्ष को कहानी के रूप में इस किताब में बयान करने की इजाज़त मिली।

आरव और नितारा को प्यार भरी झप्पी इसलिए कि वे इस किताब को पूरा करने की दुश्वारियों में मेरे साझीदार रहे और जब भी मैं चीखकर उन्हें मना करती कि पास मत आना, मेरे कम्प्यूटर में कीड़े हैं तो वो मुझे कम्प्यूटर पर काम करने के लिए अकेला छोड़ देते। हालांकि ये बात पूरी तरह झूठ नहीं थी क्योंकि पिछली बारिश में वाकई घर में इतने कीड़े हो गए थे कि घंटों मैं कम्प्यूटर पर एक ही हाथ से काम करती और दूसरे हाथ से हाथ-पैर खुजलाती रहती थी।

मर्लिन जोसफ, तुम शानदार महिला हो, मैं तुम्हारी एहसानमंद हूं,

पहले तो इस बात के लिए कि तुमने मीन मोइली और अम्मा को लेकर पूछे जाने वाले मेरे सवालों को बड़ी तसल्ली से सुना और उनका जवाब दिया और दूसरी उस वक्त के लिए जब तुम फिल्म देख रही थी और मैंने उसी बीच तुमसे पूछा, कि मरने के बाद तुम किस कब्रिस्तान में दफनाया जाना पसंद करोगी।

मेरी शानदार मां के लिए, क्योंकि मैं आपकी आधी भी नहीं हूं और यहां तक कि आपकी आधी खासियत ख़ुद में लाना भी मेरे लिए बड़ी चुनौती है।

रिंकी खन्ना, काश हम दोनों भी नोनी आपा और बिन्नी की तरह बुज़ुर्ग होती जाएं। क्योंकि हम दोनों में काफ़ी कुछ ऐसा है जो उन दोनों बहनों से मिलता है।

अपनी नानी को भी एक जादू की झप्पी दूंगी क्योंकि वो न जाने कितने सालों तक मुझे ज़बरदस्ती खींचते हुए जमातखाने ले गई थीं।

जयश्री राम मोहन, गेविन मॉरिस, रचना कालरा, हरसिमरन गिल, अनीस चांडी, सोनाली जोहर और जगरनॉट की शानदार टीम को ये सब कुछ मुमकिन बनाने के लिए बहुत बहुत शुक्रिया।

चिकी सरकार, मेरी अद्भुत प्रकाशक और संपादक, एक बार फिर आपका शुक्रिया क्योंकि मैं ये आपके बिना नहीं कर सकती थी।

लेखक परिचय

ट्विंकल खन्ना एक मशहूर स्तंभकार और बेस्टसेलिंग किताब *मिसेज़ फनीबोन्स* की लेखिका हैं। वे मुंबई में रहती हैं।

अनुवादक परिचय

गाज़ीपुर, उत्तर प्रदेश में जन्मे सुशील चंद्र तिवारी ने *दैनिक भास्कर, दैनिक जागरण* और आजतक जैसे मीडिया संस्थानों में काम किया है। फिलहाल स्वतंत्र पत्रकारिता, लेखन और अनुवाद कर रहे हैं।